Sobre o cálculo do volume 1

Solvej Balle

Sobre o cálculo do volume
1

tradução
Guilherme da Silva Braga

todavia

#121
Há alguém na casa. Dá para ouvir os movimentos no andar de cima. Quando ele levanta da cama, ou então quando desce para ir até a cozinha. Ouço o ruído de água no encanamento quando enche uma chaleira. Ouço um som metálico quando põe a chaleira no fogão, e a seguir o clique discreto do acendedor a gás quando acende a chama. Depois faz-se uma pausa, até que a água ferva. Há o farfalhar de folhas de chá e papel quando as colheradas são retiradas do saco e postas no bule, e há o barulho da água derramada por cima das folhas, mas são barulhos que só se ouvem na cozinha. Ouço quando a porta da geladeira é aberta e bate contra o canto da mesa da cozinha. Depois há mais uma pausa durante o tempo de infusão do chá, e logo ouço o barulho da xícara e do pires retirados do armário. Não ouço quando o chá é servido na xícara, mas ouço os passos entre a cozinha e a sala, quando ele atravessa a casa levando o chá. O nome dele é Thomas Selter. A casa é uma construção de pedra com dois andares nos arredores de Clairon-sous-Bois, no norte da França. No cômodo mais ao fundo, que dá para o pátio e para a pilha de lenha, não aparece ninguém.

Hoje é dia dezoito de novembro. Me acostumei à ideia. Me acostumei aos sons, à luz cinzenta da manhã e à chuva que logo começa a cair no pátio. Me acostumei aos passos e à porta que abre e fecha. Ouço quando Thomas vai da sala para a cozinha e larga a xícara em cima da mesa, e em seguida ouço-o no hall. Ouço quando tira o casaco do cabide e quando deixa o guarda-chuva cair no chão e depois o recolhe.

Depois que Thomas sai na chuva de novembro, tudo fica em silêncio na casa. Restam apenas os meus próprios barulhos e o leve som da chuva que cai lá fora. Os ruídos do lápis no papel e da cadeira no chão quando a arrasto para trás e levanto. Os meus passos no assoalho e o leve ranger da maçaneta quando abro a porta que dá para o corredor.

Enquanto Thomas está fora, costumo andar pela casa. Vou ao banheiro e pego água na cozinha, mas volto depressa ao quarto de hóspedes. Fecho a porta e sento na cama ou na cadeira do canto, para que ninguém possa me ver do pátio caso olhe para dentro da casa.

Quando Thomas chega com duas sacolas de plástico, os barulhos recomeçam. A chave na porta, os sapatos no tapete. O rumor das sacolas quando ele deixa as compras no chão. O som do guarda-chuva fechado que ele larga em cima da cadeira no hall, e no instante seguinte o som do casaco que ele pendura no cabide da porta. Ouço o rumor do plástico quando coloca as sacolas de compras em cima da mesa da cozinha e começa a guardá-las. Ele põe o queijo na geladeira, duas latas de tomate num armário e larga uma barra de chocolate em cima da mesa. Quando as sacolas estão vazias, ele as amassa e as guarda no armarinho debaixo da pia. Depois fecha a porta e as sacolas mais uma vez rumorejam lá dentro.

Ao longo do dia, ouço-o no escritório no andar de cima. Ouço uma cadeira de escritório deslizar no chão e também a impressora, que imprime etiquetas e correspondências. Ouço passos na escada e uma leve batida no assoalho quando Thomas larga pacotes e correspondências no hall. Ouço-o na cozinha e na sala. Ouço o som de uma mão ou de um braço que se roça contra a parede quando ele torna a subir, ouço-o no banheiro e ouço o barulho da espuma no vaso, que só poderia vir de uma pessoa que faz xixi em pé.

Logo depois ouço-o mais uma vez na escada e no hall, e em seguida ele vai até a sala e senta numa poltrona ao lado da janela que dá para a estrada. Durante a espera, ele lê ou observa a chuva de novembro.

O motivo da espera sou eu. Meu nome é Tara Selter. Estou no cômodo mais ao fundo, que dá para o pátio e para a pilha de lenha. Hoje é dia dezoito de novembro. Todas as noites, quando deito para dormir na cama de hóspedes, é dia dezoito de novembro, e todas as manhãs, quando acordo, é dia dezoito de novembro. Não espero mais acordar no dia dezenove de novembro, e já não me lembro mais do dia dezessete de novembro como se fosse ontem.

Abro a janela e jogo pão aos passarinhos, que logo surgem no pátio. Eles chegam assim que a chuva para. Primeiro os melros, que começam a bicar as maçãs na macieira ou o pão que joguei lá fora, seguidos por um pintarroxo solitário. Depois passa um rabilongo, e então chegam os chapins, que logo são enxotados pelos melros. Mais um pouco e a chuva recomeça. Os melros comem por mais um tempo, mas quando a chuva ganha força eles voam e se abrigam na cerca viva.

Thomas acendeu a lareira da sala. Ele buscou lenha na despensa, e logo percebo que a temperatura começa a subir dentro de casa. Ouvi os barulhos no hall e na sala, mas agora, enquanto Thomas lê sentado, ouço apenas o meu lápis no papel, um sussurro que logo desaparece no barulho da chuva.

Estou contando e, se não me perdi, hoje é o dia dezoito de novembro #121. Acompanho os dias. Acompanho os barulhos na casa. Quando tudo fica em silêncio, não faço nada. Deito para descansar, ou então leio um livro, mas não faço nenhum barulho. Ou praticamente nenhum. Respiro. Levanto e ando pelo quarto. São esses barulhos que me sustentam. Sento na cama ou afasto a cadeira da janela com todo o cuidado.

No meio da tarde, Thomas põe música para tocar na sala. Primeiro o ouço atravessar o corredor e entrar na cozinha. Ouço quando ele coloca uma chaleira no fogão e ouço os passos dele no assoalho quando volta à sala e põe música para tocar. Sei que logo o tempo vai abrir. As nuvens se afastam, e o sol torna a brilhar um pouco.

Costumo me aprontar para sair assim que a música começa. Levanto e visto o casaco e as botas. Espero junto à porta, e pouco depois a música está tão alta que posso sair de casa sem ser ouvida, porque os sons que vêm da sala abafam os ruídos da porta que abre, dos passos no assoalho e da porta que torna a fechar.

Saio da casa pela porta que dá para o pátio. Penduro a bolsa no ombro, abro cuidadosamente a porta do quarto, saio para o hall e torno a fechá-la. No chão há três envelopes e quatro pacotes de papelão com o nosso nome: T. & T. Selter. Somos nós. Trabalhamos com livros antigos, em especial obras ilustradas do século XVIII. Compramos essas obras em leilões de colecionadores particulares ou de outros sebistas para revendê-los, e fazemos os envios em pacotes de papelão com o nosso nome. Sem fazer barulho, deixo os pacotes para trás, abro a porta e saio. Não preciso de guarda-chuva. Continua chovendo um pouco, mas não demora muito até que pare. Não sigo pelo caminho do pátio que leva ao portão: em vez disso, saio à esquerda da casa, passo em frente à despensa e sigo em direção ao canto do terreno, que não pode ser visto da casa. Passo por um canteiro de alho-poró e acelga, chego a uma abertura na cerca viva e saio. Olho para trás por um instante. Vejo um pouco de fumaça, que se ergue acima da chaminé. Ouço uma música distante, mas sigo em frente, e logo adiante já não ouço música nem chuva, porque a chuva parou e a música desapareceu atrás de mim; a única coisa que ouço são os meus passos na calçada, o som de uns poucos carros e vozes de criança que chegam de uma escola a quarteirões de distância.

Pouco depois, quando percebe que a chuva parou, Thomas desliga a música. Ele veste o casaco e junta as correspondências e os pacotes que estão no chão. Às 15h24 ele sai da casa. Leva consigo as cartas e os pacotes. T. & T. Selter. Somos nós. Mas agora há o tempo entre nós. Seguimos ao longo das pequenas estradas que vão à cidade ou voltam para a nossa casa. Estamos na rua, damos uma volta durante a pausa na chuva, mas não seguimos pelo mesmo caminho. Ele não espera me encontrar, e de fato não me encontra. Conheço outra rota, e quando ele volta para casa eu estou mais uma vez sentada no cômodo que dá para o pátio.

Se me falta qualquer coisa, vou às compras no mercadinho a poucas ruas daqui. Levo um bom tempo no percurso, e em geral faço um trajeto mais longo que o necessário na volta. Abro o portão e sigo pelo pátio até a porta dos fundos, por onde entro em casa. Tudo está em silêncio. Thomas está na rua, e já não chove mais. Está a caminho da cidade, e quando ele faz a postagem dos pacotes o sol já voltou a brilhar. Thomas atravessa a floresta e vai até o rio, e retorna apenas no final da tarde, quando a chuva recomeça, porque ninguém o espera em casa e ele não tem nada a fazer.

Quando volto, costumo ficar com as minhas compras no quarto. Penduro o casaco no espaldar da cadeira, tiro as botas e vou à cozinha. Há uma xícara ao lado da pia, e a chaleira no fogão ainda está um pouco quente. Percebo os rastros de Thomas pela casa. Subo a escada e entro no escritório. Há pilhas de livros e maços de papel espalhados por cima da mesa. Há livros nas prateleiras e caixas no chão. Uma das caixas encontra-se aberta, porque Thomas procurou alguma coisa e não tornou a fechá-la. No quarto ao lado do escritório parece que alguém acaba de levantar, mas a cama está desfeita apenas de um lado.

Tenho uma hora e meia na casa antes que Thomas retorne. É tempo suficiente para tomar um banho ou lavar umas peças de roupa na pia. É tempo suficiente para buscar um livro na estante e sentar numa das poltronas ao lado da janela.

Quando passo um tempo na sala, costumo ler ou ouvir música até que comece a escurecer, mas hoje fiquei por aqui, no cômodo que dá para o pátio e para a pilha de lenha. Ouvi Thomas retirar o casaco do cabide, e ouvi quando ele saiu de casa. Abri a porta que dá para o hall. Os pacotes já não estavam mais no chão, e sentei junto à mesa da janela. Hoje é dia dezoito de novembro. Começo a me acostumar com a ideia.

Cedo pela manhã no dia dezessete de novembro eu me despedi de Thomas na porta de casa. Eram quinze para as oito, o táxi me esperava em frente à nossa casa e eu peguei um trem que saía de Clairon-sous-Bois às 8h17. Eu viajaria a Bordeaux para o leilão anual de obras ilustradas do século XVIII. O céu estava cinza e havia umidade no ar, mas não chovia.

Da estação em Clairon fui a Lille-Flandres, troquei para Lille-Europe e segui viagem rumo a Paris, onde troquei mais uma vez para um trem com destino a Bordeaux. Cheguei à estação de Bordeaux pouco antes das duas horas da tarde, e após uma pequena confusão provocada por uma obra em frente à estação, com direito a bloqueios, placas e passagens fechadas, consegui por fim chegar ao centro de exposições onde o leilão ocorreria e aonde cheguei poucos minutos depois. Fiz o meu credenciamento e recebi um programa e um crachá com o texto *7ème Salon Lumières*, o meu nome e o nome da empresa, *T. & T. Selter*.

Cheguei a tempo de acompanhar o principal leilão de obras ilustradas, que começaria às três horas. Já tinham ocorrido outros dois ou três leilões, e também pude ver no programa que mais uma vez nesse ano haveria palestras e mesas-redondas, mas eu não pretendia assistir a nenhuma.

Hesitei um pouco e mais uma vez quase me perdi naquele clima de conferência, com portas fechadas e copos de café deixados para trás, porém logo encontrei a placa com a seta que apontava para a sala de leilões e o salão de antiquariato ao lado, onde colegas livreiros haviam montado uma longa fileira de estandes com livros e ilustrações científicas. Eu fazia uma boa ideia dos lotes em que daria lances durante o leilão e, após examinar os mais importantes, fui dar uma volta no salão de antiquariato. Cumprimentei vários livreiros conhecidos e pouco antes das três horas me acomodei na sala de leilões, que em seguida ficou repleta de pessoas que chegavam das conferências.

Consegui comprar doze obras no leilão. Cinco para as quais já tínhamos interessados e sete que, segundo imaginei, venderíamos a bons preços. Trabalhamos acima de tudo com livros de preço médio, e os vendemos para um grupo variado de colecionadores que moram principalmente na Europa — mas também mantemos clientes em outras partes do mundo. Via de regra sou eu que vou a leilões e visito sebos, enquanto Thomas se ocupa de catalogar e fazer o envio dos livros. No início nós dois fazíamos tudo, porém mais tarde passamos a dividir as tarefas. Já não lembro mais por que decidimos que seria eu a viajar. Talvez porque eu me importe menos de fazer essas viagens, porque eu tenha desenvolvido um bom faro para os livros, um bom tato para o papel e um bom olho para a qualidade da impressão, para uma encadernação bem-feita. Não sei descrever muito bem, mas é um sentimento quase físico, como uma lagarta que sente vontade de caminhar por cima de uma folha específica, ou um pássaro que escuta o barulho dos insetos na casca de uma árvore. Pode ser um detalhe: o som do farfalhar das páginas, o sentimento instilado pelas letras, a profundidade da prensa, a saturação das cores numa ilustração, o rigor nos detalhes de uma prancha, a coloração dos cortes — não sei explicar o que me leva a tomar a decisão, porque mesmo que em geral eu saiba que tipo de obra me interessa, só decido fechar a compra quando tenho o livro em mãos.

Depois do leilão voltei ao salão de antiquariato, paguei uns livros que eu havia reservado e encontrei outras seis obras que eu vinha procurando, e também outras que eu não conhecia. Os livros mais pesados e mais valiosos eu via de regra peço que enviem direto para Clairon-sous-Bois, mas com frequência levo parte das minhas compras na bolsa. Dessa vez foram um dicionário de bolso sobre as vozes dos pássaros, ordenado por tipo de som, um exemplar da segunda edição do livro de anatomia animal de Harcard e um belo exemplar da célebre obra sobre aranhas escrita por Boisot, o *Atlas des Araignées*, que um dos nossos clientes fixos queria dar de presente para uma amiga e que havíamos nos comprometido a procurar.

Por último, naquele dezessete de novembro eu peguei o trem rumo a Paris, e já no fim da tarde cheguei ao Hôtel du Lison, onde costumamos nos hospedar quando estamos na cidade. O hotel fica logo na esquina com a Rue Almageste, onde muitos dos livreiros com quem fazemos negócios mantêm sebos, e onde nosso bom amigo Philip Maurel tem uma loja de moedas antigas. Para além da compra de outros livros e de um encontro com Philip, meu plano para os dois próximos dias era visitar a *Bibliothèque 18* em Clichy. No dia seguinte, dezenove de novembro, eu tinha um encontro com uma bibliotecária chamada Nami Charet, que havia descrito variações até então ignoradas nas técnicas gráficas do século XVIII. A descoberta, ligada a mudanças nas ferramentas e nos métodos de trabalho dos gravuristas, permitia datar ilustrações do final do período com mais precisão, e assim elucidar possíveis inconsistências entre o ano de criação das ilustrações e o ano de publicação dos livros.

Quando cheguei ao hotel, liguei para Thomas. Não foi uma conversa muito longa. Contei dos achados do dia e perguntei se ele tinha mais títulos para acrescentar às minhas compras no dia seguinte. Thomas havia pensado em mais duas obras que valeria a pena procurar, disse que ao longo do dia tinha pedido a separação de outros dois livros vendidos por nossos colegas da Rue Renart, uma transversal da Almageste, e pediu que eu os comprasse se estivessem em boas condições. Anotei os títulos na minha lista e prometi que daria uma olhada no dia seguinte. Falamos mais um pouco sobre o leilão e também sobre o tempo de novembro antes de nos despedirmos por duas ou três vezes com um boa-noite e encerrarmos a conversa.

Tentamos evitar conversas longas no telefone quando estamos longe um do outro. Não apenas para evitar conversas detalhadas sobre a condição, o ano de publicação, as ilustrações e o preço dos livros, mas também porque essas conversas fazem com que a distância entre nós aumente. Assim que nos afastamos de assuntos simples e práticos, a conversa se transforma numa conexão sonora, em murmúrios indistintos de amor. Nossa comunicação, que sempre inicia coesa e repleta de sentido, de repente sofre uma guinada e muda para uma troca de sequências difusas sem frases nem informação: apenas sons e palavras insignificantes, que talvez servissem para manter um canal aberto entre nós mas, em vez disso, explicitam demais o fato de que estamos longe um do outro. Depois aprendemos a dividir as tarefas, focar os assuntos práticos e falar apenas quando necessário.

Quanto a mim, já esqueci de muitos detalhes de nossa conversa, mas Thomas, que ainda se lembra do dia dezessete de novembro como se fosse ontem, já me contou que fiquei empolgada com os meus achados e que cogitei a ideia de expandir a T. & T. Selter e passar a negociar pranchas e ilustrações científicas também. Falamos sobretudo dos problemas ligados à minha sugestão, em especial no que diz respeito aos envios, que naturalmente seriam atribuição de Thomas. Minha opinião era que valia a pena cogitar o assunto, porém Thomas se mostrou mais cético.

Já não lembro o restante da conversa, mas lembro que pouco depois tomei um banho e em seguida deitei no quarto do hotel e dei uma olhada na minha lista de livros. Lembro também que eu estava um pouco cansada ao fim da viagem, e que programei o despertador no celular, tirei a roupa e deitei para dormir.

Ainda não sei dizer se é uma boa ideia que a T. & T. Selter comece a negociar pranchas e ilustrações científicas, mas sei que esse tipo de consideração já não faz mais sentido. Também sei que Thomas deixou os pacotes no correio muito tempo atrás, esteve perto do rio, passou em frente ao velho moinho e atravessou a floresta, e que logo vai estar em casa.

Observo as nuvens de chuva. São as nuvens que indicam a passagem do tempo. A luz desaparece, e vejo o céu tornar-se cinza-escuro. Se sento na sala com um livro, logo fica escuro demais para ler, e assim me recolho ao quarto de hóspedes. Passo um tempo sentada, ouvindo o tamborilar dos pingos, e quando a chuva ganha força sei que Thomas logo vai voltar. Levanto da poltrona ao lado da janela. Vou à cozinha, enxáguo a minha xícara, seco-a com todo o cuidado em um pano de prato, guardo-a no armário e torno a entrar. Via de regra me lembro de ligar a calefação antes de sair da sala. As brasas na lareira já esfriaram há muito tempo, e Thomas está todo molhado de chuva quando volta.

Mas hoje eu não estou sentada na sala. Estou sentada junto à mesa no quarto de hóspedes, e nesse momento as nuvens de chuva mais uma vez fecham o tempo. Olho para o pátio e para a macieira. Duas ou três frutas caíram no chão, e um vento leve praticamente secou as folhas outonais durante o tempo em que estive aqui sentada, porém logo a árvore vai estar mais uma vez úmida de chuva. Continuo a ver os passarinhos que se movimentam sob a luz tênue. Eles percebem que a chuva está a caminho, mas ainda não se recolheram à cerca viva.

O dia escurece, e eu continuo à espera de que Thomas apareça lá fora. As letras no papel à minha frente tornam-se ilegíveis. Fecho a porta do corredor e me afasto da janela. Costumo sentar na cama para esperar a volta de Thomas, e sei que primeiro vai aparecer um, depois outro vulto andando pela estrada no final do pátio. O primeiro vulto é o nosso vizinho. O segundo é Thomas, caminhando na chuva. Esse é o único momento em que o vejo: um vulto molhado junto à cerca. Pelo restante do dia, ele se manifesta como sons em outros cômodos da casa.

Apenas quando Thomas se manifesta como sons em outros cômodos da casa eu acendo a luz. Ouço os passos dele na estradinha do pátio, a chave na fechadura da porta que se abre e torna a se fechar. Ouço-o limpar os pés no tapete e ouço o clique discreto do interruptor quando ele acende a luz do hall. Vejo a luz que entra por baixo da porta, e acendo o abajur em cima da mesa. Minha luz preenche o cômodo e também passa por baixo da porta, mas não pode ser vista do hall porque se mistura à luz do outro lado.

Me reclino ao lado da janela e logo ouço os passos de Thomas na escada e no corredor. Ouço-o na cozinha e no hall. Ouço quando ele abre a porta e sai para buscar um alho-poró no pátio e umas cebolas na despensa. Ouço quando ele calça o par de galochas ao lado da porta e ouço os passos dele ao longo da casa, porém logo não ouço mais nada, e torno a ouvi-lo apenas quando volta com os vegetais. Ouço-o cortar os vegetais para fazer uma sopa. Ouço a panela no fogão, e quando a sopa fica pronta ouço o barulho da cadeira no chão da cozinha. Pouco depois, ouço o som de água no encanamento, quando Thomas lava o prato na pia da cozinha, e ouço quando ele guarda o prato no armário e vai para a sala. Thomas passa a noite lendo *Lucid Investigations*, de Jocelyn Miron, e já é quase meia-noite quando apaga a luz do hall e sobe para o segundo andar, mas ainda não está na hora, porque a noite mal começou: Thomas troca de roupa no quarto do segundo andar enquanto eu relembro uma longa sequência de dias de novembro que aos poucos se misturam na minha memória. São 121 dias a lembrar. Se eu conseguir.

Na primeira vez, o dia dezoito de novembro não teve nada de especial. Acordei no quarto de hotel por volta das oito horas e desci para tomar o café da manhã meia hora mais tarde. Durante o dia, visitei diversos sebos na região da Rue Almageste, e aproveitei para dar uma passada na loja de Philip Maurel, no número 31. A nova assistente de Philip, que eu ainda não tinha conhecido, me disse que ele voltaria no final da tarde, e respondi que nesse caso eu voltaria lá pelas cinco horas. Encontrei boa parte das obras que eu procurava nas lojas dos outros livreiros com os quais costumávamos negociar. Na Rue Renart, entrei para ver o exemplar de *Histoire des eaux potables* que Thomas havia descoberto e pelo qual um de nossos clientes vivia perguntando. Era um exemplar muito bonito, que prontamente comprei e guardei na bolsa para levar comigo já no dia seguinte a Clairon-sous-Bois, de onde Thomas faria o envio para o nosso cliente impaciente. No mesmo livreiro encontrei outras obras que também comprei e pedi que ele enviasse a Clairon, e em outro busquei um exemplar em bom estado de *The Heavenly Bodies* de Thornton, numa edição acompanhada por duas pranchas publicadas somente naquela edição, impressa em duas tiragens pequenas em 1767.

Pouco antes das cinco horas fui mais uma vez à loja de Philip Maurel. Já fazia tempo que não o via, talvez seis meses, talvez um pouco mais, e assim sentamos para conversar na grande mesa localizada no primeiro ambiente da loja, enquanto Philip de vez em quando atendia um cliente ou um telefonema. Falei sobre a casa em Clairon-sous-Bois, onde ele ainda não havia nos visitado, mesmo que já fizesse mais de dois anos desde a nossa mudança. Falei sobre amor, sobre a macieira no pátio e sobre pés de acelga e alho-poró. Falei sobre as enchentes do outono, sobre o rio, que de vez em quando transbordava, e sobre a nossa empresa, que aos poucos tinha começado a garantir nosso ganha-pão, sobre a procura cada vez maior por obras ilustradas do século XVIII, sobre o leilão e os meus últimos achados. Philip falou sobre a vida na Rue Almageste, sobre Marie, a nova namorada que eu tinha encontrado na loja mais cedo, sobre a agitação política no outono e sobre a grande procura por objetos antigos mais ou menos raros que ele também havia notado.

Philip negociava principalmente moedas da época do Império Romano — uma ideia que a maioria dos amigos encarou como uma piada quando ele, ainda bastante jovem, abriu a loja, mas que nos últimos anos havia se mostrado um negócio lucrativo. Ele contou admirado que em diversas ocasiões tinha sido convidado para jantares na casa dos clientes assíduos e de repente vira-se no meio de um círculo de pessoas interessantes, não apenas senhores de idade avançada, mas também rapazes e moças interessados nas políticas imperiais relacionadas às moedas, em detalhes ligados às técnicas de cunhagem ou ainda em descobertas mais ou menos suspeitas de moedas romanas na Bielorrússia. Mencionou anfitriões que de repente levavam os convidados ao outro lado do apartamento em Paris a fim de mostrar coleções de moedas, sem surpresa ou constrangimento dos presentes em razão daquele interesse peculiar, mas, sim, com grande entusiasmo de todos, que admiravam as mais recentes aquisições com atenção e ajuda de uma lupa potente. Philip admitiu surpresa ao ver que sua paixão de anos era recebida com aquele tipo de atenção. Os pequenos emblemas metálicos de um tempo passado tinham aparentemente motivado um novo ímpeto colecionista — não bem uma onda, mas ao menos um interesse aumentado, que ele também percebia na loja.

Falamos um pouco sobre o interesse por troféus de épocas passadas e mostrei a Philip o meu exemplar de *Histoire des eaux potables*. Falamos sobre o entusiasmo que o comprador havia demonstrado em relação à possibilidade de conseguir aquele livro e especulamos sobre os motivos que levariam uma pessoa a se interessar por uma obra como aquela. Quem compra um livro de mais de dois séculos sobre a história da água potável? Um colecionador com preferências específicas, sem dúvida, mas continuava a ser difícil imaginar qual seria o tema da coleção, ou que outras obras podia abarcar. Eu não conhecia nada além do nome, do endereço e do som da voz desse cliente quando, semanas antes, ele havia ligado e perguntado sobre o livro pela terceira vez. Imaginei que fosse um homem de meia-idade, e eu sabia que ele já tinha comprado outros dois ou três livros nossos, mas não conseguia lembrar quais.

Mesmo assim, lembro que falamos com ironia e distanciamento sobre o interesse cada vez maior por aquelas raridades do passado. Embora nós mesmos vivêssemos nesse contexto de nostalgia e sede de história, ou como quer que se possa chamar, causou-nos uma leve surpresa notar que esse tipo de interesse tinha aumentado. Acredito que estávamos quase nos desculpando pelos nossos interesses peculiares, que naquele momento compartilhávamos com um número cada vez maior de pessoas. Pelo menos tínhamos conseguido fazer daquilo o nosso ganha-pão. Para nós, era um negócio, não um passatempo ou uma consequência fugaz do espírito do tempo. Tocávamos as empresas *T. & T. Selter* e *Maurel Numismatique*, e assim tentávamos manter uma ligação um pouco mais pragmática com a nostalgia do que os nossos clientes.

Por sorte, Marie, a namorada de Philip, chegou no meio da conversa. Philip nos apresentou e trocamos umas poucas frases sobre a conversa recém-terminada e sobre o nosso encontro anterior naquele mesmo dia. Pouco depois Marie buscou outra cadeira e sentou ao balcão enquanto Philip saiu para buscar comida e vinho em um mercado próximo.

Aquela foi uma das primeiras tardes frias de novembro. Tinha chovido um pouco pela manhã e o dia fora em boa parte nublado com sol esporádico, mas naquele momento estava frio para ficar sentado na loja. Nos fundos, onde Philip tinha uma pequena cozinha e onde também havia morado durante os primeiros anos de funcionamento da loja, ele tinha um pequeno aquecedor a gás, e eu e Marie resolvemos ligar o aparelho. Marie tirou o pó, e juntas colocamos o grande bujão de gás azul que estava ao lado do aquecedor no lugar para então empurrá-lo até o balcão da loja. Encontramos uma caixa de fósforos numa gaveta da cozinha e logo acendemos o aquecedor. Quando Philip voltou, a loja já estava aquecida, e assim sentamos junto ao balcão durante umas horas para comer, beber vinho e conversar.

A lembrança mais clara que tenho daquela noite é a alegria de estar na companhia de Philip e Marie. Não pude deixar de notar a enorme proximidade entre os dois. Não era uma atenção cúmplice, que mantém os outros de fora e surge quando um casal apaixonado busca contato o tempo inteiro por meio de olhares e toques; nem uma proximidade frágil, que dá aos outros a impressão de serem um elemento de perturbação e assim faz surgir a necessidade de simplesmente deixar o casal apaixonado a sós com aquela nova e delicada aliança. Havia uma paz no ambiente ao redor de Marie e Philip que me levou a pensar em quando eu havia conhecido Thomas cinco anos atrás. O sentimento repentino de compartilhar uma coisa inexplicável, o deslumbre de saber que o outro existe — aquela pessoa que faz com que tudo pareça simples —, a sensação de estar ao mesmo tempo num instante de paz e turbulência. Philip e Marie com certeza já tinham pensado em passar o resto da vida juntos, porque era simples assim, e restaria apenas ver o que o futuro traria. Nesse contexto, minha visita era apenas uma contingência natural, eu era um ingrediente na vida conjunta do casal, uma espécie de colega e amiga, casada com um dos amigos da juventude de Philip. Eu não era um obstáculo, não trazia nenhuma comodidade ou inconveniência, não era adversária nem aliada, não era compradora nem vendedora, apenas um fato na vida conjunta de ambos.

Já não recordo os detalhes da conversa daquela noite, mas lembro-me da atmosfera no ambiente. Lembro que a certa altura eu estava sentada, observando o canto da mesa de carvalho antiga e larga, que fazia as vezes de balcão da loja. Lembro das marcas da madeira e de uma pequena exposição de moedas, que estavam dispostas em caixas translúcidas em cima do balcão e que precisamos afastar para abrir espaço para os pratos e os copos. Lembro-me do calor na sala e do meu pequeno acidente com o aquecedor a gás. Foi um tempo depois da refeição. Eu tinha empurrado a minha cadeira um pouco para trás, mas o calor estava demais, então levantei para afastar o aquecedor. Lembro-me de que Philip tinha recolhido os nossos pratos e ido à pequena cozinha buscar um saca-rolhas para abrir mais uma garrafa de vinho, e lembro-me de ter feito um comentário sobre o calor, dizendo que eu ia afastar o aquecedor. Marie se levantou para me ajudar, mas eu já tinha colocado uma das mãos na parte superior do aquecedor a fim de empurrá-lo para longe da mesa onde estávamos.

Naturalmente o aquecedor trabalhava a uma alta temperatura, e a parte de metal onde eu pus a mão estava numa temperatura escaldante. No mesmo instante em que o aquecedor começou a se mover para a frente, senti uma dor aguda e repentina na mão. Soltei um grito, decerto um palavrão. Marie se aproximou e empurrou o aquecedor para longe enquanto eu continuava paralisada de dor. Philip, que tinha largado os nossos pratos na cozinha, na mesma hora foi buscar uma tigela de água gelada, onde mergulhei a mão, e assim passei o restante da noite, com a mão na água, sem que a dor da queimadura passasse. Foi a única coisa atípica que aconteceu durante a noite.

Pouco antes das onze horas, voltei ao hotel, e logo ao chegar liguei para Thomas. Ele tinha se distraído com o livro de Jocelyn Miron, e tive a impressão de que não esperava um telefonema meu. Não sei se perturbei a leitura ou se ele se alegrou com essa interrupção, mas lembro que me falou sobre as principais teses do livro e descreveu as vertentes de pensamento iluminista esboçadas por Miron. Lembro também que falamos sobre o estranho subtítulo do livro, *Rises and Falls of Enlightenment Projects*, antes que eu contasse da minha visita a Philip Maurel, a namorada Marie e o evidente amor entre os dois, a procura cada vez maior por moedas do Império Romano e o meu acidente com o aquecedor na loja de Philip. Thomas disse que, a não ser por umas poucas horas durante a tarde, tinha chovido quase o dia inteiro. Ele tinha ido ao correio levar correspondências e pacotes e, quando o sol tornou a aparecer, resolveu dar um passeio na floresta e ao longo do rio. Tinha ido até o antigo moinho, imaginando que a chuva havia passado, mas no caminho de volta acabou sendo apanhado por um aguaceiro que o deixou totalmente encharcado. Lembro que falamos sobre o risco de enchente no rio. A julgar pelo nível da água, ele disse, e se a previsão do tempo para os dias seguintes estivesse correta, então daquela vez o risco já havia passado. Não consigo recordar todos os detalhes da nossa conversa, mas tenho certeza de que fiz um breve relato sobre os achados do dia, sobre preços e entregas, e tenho certeza de que falamos sobre os meus planos para o próximo dia, quando eu encontraria Nami Charet na *Bibliothèque 18*.

Por duas ou três vezes durante a conversa reclamei da dor causada pela queimadura, e nós dois rimos da minha desatenção, porque aquela não era a primeira vez que eu acabava machucada por ter, nas palavras de Thomas, ignorado simples relações de causa e efeito. Ele sugeriu que eu aplicasse cubos de gelo na queimadura, e depois conversamos mais um pouco sem grandes assuntos. Lembro que um de nós mencionou que estávamos prestes a começar nossa conexão sonora, aqueles murmúrios que tornavam evidente a distância entre nós, e acho que prometi a Thomas que eu iria de imediato à recepção pedir cubos de gelo antes de nos despedirmos duas ou três vezes e por fim encerrarmos a conversa. Foi a última vez que falei com Thomas antes que o tempo se estilhaçasse.

Passei um tempo deitada sem dormir, talvez meia hora, talvez mais. Eu tinha conseguido um saco de gelo, aplicado o saco em cima da queimadura e enrolado a mão numa toalha. A dor e o frio mantiveram-me acordada, e por um tempo me virei um pouco na cama sentindo uma estranha irrequietude no corpo, porém logo o resfriamento ou o cansaço, ou o que quer que tenha sido, fez com que a dor fosse para o segundo plano, e logo depois adormeci com uma toalha cheia de gelo enrolada na mão e uma pequena pilha de livros na mesa do quarto: notas sobre as vozes dos pássaros, um atlas de aranhas, um livro sobre corpos celestes, um livro sobre a história da água potável e uma obra de referência sobre anatomia animal. Numa cadeira ao lado da cama estava o meu celular, configurado para despertar na manhã seguinte às sete e meia. No encosto da cadeira havia um vestido, um blusão e um par de meias-calças, e no chão estava um par de botas curtas e uma bolsa tiracolo grande que continha um vestido extra, meias, roupas de baixo, uma carteira, um molho de chaves, uma garrafa d'água quase vazia e uma sombrinha fechada.

A bolsa ainda está no chão, e os livros em cima da mesa, ao lado da cama. Já não me encontro mais no hotel, mas na nossa casa em Clairon-sous-Bois, no cômodo que dá para o pátio. Ainda é a tarde do dia dezoito de novembro. Thomas lê na sala, e em pouco tempo vai apagar a luz e conferir se as portas estão trancadas. Ele vai subir a escada e, quando acordar amanhã, o dezoito de novembro dele vai estar esquecido.

É a 121ª vez que vivo esse dezoito de novembro, mas a queimadura permanece como uma pequena cicatriz na minha mão. No início levantou a pele, que logo começou a soltar um líquido e mais tarde criou uma casca marrom. Aos poucos a casca soltou e caiu, deixando uma marca vermelha e brilhante que dia após dia torna-se menor. Já não chama mais atenção, e daqui a um instante, quando eu apagar a luz, tampouco vai estar visível.

#122

Ouço os sons. É o mesmo dia. Mais uma vez acordo no quarto de hóspedes, e mais uma vez Thomas executa o padrão matinal: os canos, o fogão e a geladeira fazem os barulhos de sempre. Num instante Thomas vai sair para depois voltar com as sacolas, e quando ele estiver longe de casa eu vou à cozinha buscar um pacote de biscoitos, ou do que eu puder encontrar, porque as minhas provisões estão acabando.

Ouço quando ele começa a se preparar para a chuva de novembro. Com um leve tilintar ele pega as chaves, e a seguir ouço o rumor macio do material do casaco que se roça contra o papel de parede no hall quando Thomas o tira do cabide.

Contei os dias. Este é o dezoito de novembro #122. Estou muito longe daquele dezessete de novembro, e nem ao menos sei se o dia dezenove há de chegar. Mas o dia dezoito se repete inúmeras vezes. Chega e enche a casa de sons. Os sons de uma pessoa. Thomas anda pela casa, e por fim sai.

Foi por isso que comecei a escrever. Porque o ouço pela casa. Porque o tempo se estilhaçou. Porque encontrei um pacote de folhas na estante. Porque tento me lembrar. Porque o papel lembra. Talvez as frases tenham um efeito curativo.

Me acomodo junto à janela. Há um pequeno maço de papel, onde se lê que há alguém na casa e que eu o ouço andar de um cômodo ao outro. Escrevi que esse homem espera, e escrevi que o motivo da espera sou eu. Escrevi que o tempo se estilhaçou. Começo a me acostumar à ideia. Escrevi que começo a me acostumar à ideia, e que as frases parecem ter um efeito curativo. Talvez.

Mas o dia é sempre o mesmo, e daqui a pouco, quando eu tiver buscado comida na cozinha, quando eu tiver ido ao banheiro e escovado os dentes, quando eu tiver fechado a porta e me sentado mais uma vez no quarto de hóspedes, vou ouvir quando Thomas voltar com as compras. Vou ouvir quando ele tirar as compras das sacolas e começar a guardá-las. Vou ouvir quando a geladeira for aberta e a porta batida contra a mesa da cozinha. Vou ouvi-lo no escritório no andar de cima, na cozinha e no hall. Vou ouvir o som de uma mão ou de um braço roçando a parede junto à escada, e um pequeno baque nas tábuas do assoalho quando ele largar correspondências e pacotes no hall.

Descobri tudo já na hora do café. Acordei em meu quarto no Hôtel du Lison pouco antes das sete e meia com uma toalha molhada ao meu lado e uma queimadura que já não doía muito. Tomei um banho rápido e desci para tomar o café da manhã. Pedi café, me servi no bufê e levei um jornal comigo para a mesa, porém já naquele instante, ao correr os olhos pela capa, notei que era o mesmo jornal que eu tinha lido no dia anterior. Quando fui à recepção e pedi o jornal do dia, responderam-me que o jornal do dia estava na minha mão, que a data era dezoito de novembro e que o dia anterior tinha sido dia dezessete. Mesmo sabendo que tenho razão, poucas vezes me presto a discutir esse tipo de detalhe, então peguei outro jornal do dia anterior, voltei para a minha mesa e bebi o restante do café.

Foi apenas naquele momento, quando um dos outros hóspedes derrubou uma fatia de pão, que senti medo. Não por não saber que esse tipo de episódio se repete inúmeras vezes em hotéis mundo afora, mas porque justamente aquele hóspede também havia derrubado uma fatia de pão naquele exato local na manhã anterior. A fatia era clara e tinha o mesmo tamanho da fatia derrubada um dia antes, e a queda aconteceu da mesma forma, uma queda levemente flutuante, vagarosa o suficiente para evidenciar que aquele era um pão muito leve. Os movimentos do hóspede também foram os mesmos. A mesma hesitação quando ele inclinou o corpo e deu a impressão de não saber o que fazer após pegar a fatia do chão. O homem estava claramente dividido entre duas máximas: uma segundo a qual não se joga fora comida boa, outra segundo a qual as comidas que caem de bandejas, cestos e pratos devem ser encaradas como detrito. Naquele instante percebi um movimento discreto, idêntico ao do dia anterior, em que o homem, tendo percorrido todo o ambiente com o olhar, decidiu por fim colocar a fatia de pão numa lixeira e pegar um croissant.

No momento em que percebi o gesto hesitante eu soube que me encontrava numa repetição. Eu não sabia que na sequência viria outro dezoito de novembro, e depois outro e mais outro, mas assim mesmo soube que havia alguma coisa errada.

Que de imediato eu tenha saído para conferir as datas nos jornais em bancas de revista, procurado um caixa eletrônico para sacar dinheiro no cartão de crédito e entrado em dois hotéis diferentes para ver a data nos calendários da recepção não se deve a qualquer tipo de dúvida, mas simplesmente ao fato de que eu precisava fazer qualquer coisa a fim de lidar com a minha confusão. As datas nos jornais, no recibo de saque e nos calendários dos hotéis confirmaram que aquele era o dia dezoito de novembro. O clima era o mesmo. Enquanto eu tomava o café da manhã havia chovido, mas àquela altura as nuvens haviam se afastado, e assim caminhei pelas ruas molhadas até que as primeiras lojas começassem a abrir. Seria um dia frio e nublado com sol esporádico.

De volta ao hotel, liguei para Thomas. Com a desculpa de que eu havia esquecido a hora do meu encontro com Nami Charet na *Bibliothèque 18* em Clichy, pude confirmar que para Thomas aquele também era o dezoito de novembro. Meu encontro era no dia dezenove. *Amanhã*, ele respondeu, às onze horas da manhã, e assim ficou claro que para Thomas aquele era o primeiro e único dezoito de novembro, um dia recém-começado. Aquele era o dia entre o dezessete e o dezenove de novembro, quando eu planejava voltar para casa.

Nossa rápida conversa logo revelou que tudo que eu havia contado no dia anterior a respeito do meu dia tinha desaparecido, e que Thomas não tinha o dia chuvoso de novembro na lembrança. Ele não mencionou ter ido ao correio para levar correspondências nem pacotes. Ele não tinha ido a rio nenhum, não tinha se encharcado por conta de aguaceiro nenhum e não tinha lembrança nenhuma da nossa conversa na noite daquele outro dia dezoito. A memória dele não tinha nenhuma informação a respeito da minha visita a Philip Maurel, não havia nada sobre Marie, sobre o aquecedor, sobre a minha queimadura ou os cubos de gelo. Não havia informação nenhuma a respeito de *Eaux potables* ou de *Heavenly Bodies*, e não havia conversa nenhuma sobre as distinções feitas por Jocelyn Miron. Só havia a nossa conversa anterior. Da noite anterior. A noite do dia dezessete.

Pouco depois fiquei sentada no quarto com a cama desfeita e as costas para a parede, o celular ao meu lado. Eu havia feito perguntas com todo o cuidado. Não queria preocupá-lo, queria apenas saber se eu estava sozinha, como de fato estava. Thomas não tinha estado naquele dezoito de novembro.

Devem ter se passado quinze minutos ou meia hora até que o meu olhar pousasse nos livros. Havia uma pequena pilha de livros, que havia se tornado menor. Os livros do dia dezoito haviam desaparecido. Em cima da mesa estavam os livros que eu havia comprado no dia dezessete: *Atlas des araignées*, *The Anatomy of Animals* e *Musick of Nature's Birds*. Mas *Histoire des eaux potables* e *The Heavenly Bodies* não estavam mais lá.

Meia hora depois fui aos dois sebos onde eu havia comprado os livros. Um ainda não estava aberto, mas quando poucos minutos depois a porta da outra loja se abriu eu pude ver de imediato que o *Heavenly Bodies* de Thornton estava no mesmo ponto da estante atrás do balcão de onde a vendedora o havia retirado no dia anterior. Essa livreira, que eu já tinha encontrado muitas vezes tanto em leilões como na loja que mantinha na Rue Renart, tampouco recordava que eu havia estado na loja durante o dia anterior, e tampouco que já havia me vendido aquele livro. Comprei o livro mais uma vez, pedi desculpas pela minha pressa, voltei ao outro sebo, que já estava aberto, e perguntei ao proprietário se ele teria à disposição o exemplar de *Histoire des eaux potables* que Thomas havia reservado. Prontamente o homem pegou o livro e perguntou por Thomas, com quem afirmou ter conversado no dia anterior. Nas palavras dele, *ontem*. Depois, mencionou três outros livros que também havia mostrado na visita do dia anterior, e que eu já tinha visto e comprado, bem como solicitado o envio a Clairon. Dessa vez não os comprei, mas paguei por *Histoire des eaux potables*, enfiei o livro na sacola do *Heavenly Bodies* de Thornton e voltei ao hotel.

No caminho de volta passei na loja de Philip, onde a assistente dele, que eu naquela altura conhecia pelo nome de Marie, disse que Philip tinha acabado de sair, mas voltaria no final da tarde. Ela não deu nenhum sinal de reconhecimento, e preferi não dizer nada a respeito de já termos nos encontrado.

No balcão, vi um sestércio romano que Philip havia mostrado na noite anterior. Estava num estojo transparente, ao lado de outras duas moedas. Era uma moeda de cobre, com uma efígie do imperador Antonino Pio no anverso e uma imagem da deusa Anona no reverso. Ela tinha duas espigas de milho numa das mãos e um moio de grãos na outra. Marie exibiu todos esses detalhes sob uma lupa, e me explicou que o moio — em latim, *modius*, segundo me disse — deixava claro que aquela era a deusa Anona. Ela era a deusa do fornecimento de grãos, essencial para que o imperador mantivesse o poder em Roma. Como vários outros imperadores, Antonino Pio tinha importado grandes quantidades de grão para evitar tumultos, e Anona tinha sido uma deusa importante nesse contexto. Depois ela hesitou e acrescentou que eu devia saber disso. Fiz um gesto afirmativo e por um instante senti uma forma de cumplicidade, um lampejo de reconhecimento, talvez. Mas acho que me enganei. Era apenas uma coisa que eu gostaria que acontecesse.

Comprei a moeda e pedi a ela que a embrulhasse para presente. Enquanto Marie punha a moeda numa caixinha azul e fechava o pacote, fui dar uma volta pela loja. No primeiro ambiente estava a grande escrivaninha ao redor da qual havíamos sentado no dia anterior, e onde naquele instante Marie embrulhava o meu sestércio. Na parede atrás da escrivaninha havia uma longa fileira de gavetas e armários com moedas, e na sala ao lado Philip havia disposto um grande sortimento de moedas em mostruários ao longo das paredes. Entrei na sala e, para não dar muito na vista, dobrei à esquerda e segui devagar pelos armários ao longo da parede, onde as moedas estavam organizadas por ordem cronológica. No primeiro armário estava uma seleção de moedas pré-romanas, a maioria grega, e também uma pequena seleção de moedas indianas e chinesas — seleção essa que Philip tinha a intenção de ampliar, mas que naquele momento estava posta no canto do Império Romano. Sob uma janela larga de onde se podia ver a rua havia uma estante baixa com livros e catálogos, e nos armários junto às duas outras paredes as moedas romanas estavam ordenadas conforme o período e as reformas no sistema monetário. Movimentei-me em direção ao armário com moedas romanas e fiquei observando a exposição de Philip, que fazia com que a série de imperadores parecesse uma sequência descomplicada, uma fileira de rostos que tranquilamente se sucediam uns aos outros e assim formavam a história. A visita ao longo daqueles armários era um trajeto conhecido, que eu já havia percorrido muitas vezes antes. Os imperadores e as imperatrizes de Roma, os deuses e as deusas e os pequenos símbolos e objetos que nos revelavam quem eram, tudo aquilo fez com que eu me sentisse tranquila, e assim pude analisar a situação.

Depois do último armário, onde estavam as moedas do período que antecedeu a queda do Império Romano do Ocidente e uma coleção menor de moedas do Império Romano do Oriente, a porta que levava à salinha nos fundos da loja estava aberta. Junto àquela parede havia uma mesa de cozinha, uma geladeira e uma pia, e do outro lado uma série de armários. Depois dos armários havia caixas, e atrás das caixas talvez estivesse o aquecedor a gás.

Quando pouco depois Marie atendeu o telefone, aproveitei para ir à salinha dos fundos — e lá, no canto, havia um bujão azul e um aquecedor coberto por uma camada de poeira.

A marca na minha mão ainda doía um pouco, mas a dor já havia se tornado tão habitual que eu só pensava naquilo quando a apoiava ou fazia um movimento repentino. Enquanto eu mantinha a mão em repouso, a dor era como um ruído de fundo no meu sistema nervoso, nada de mais, apenas um ferimento menor, uma queimadura causada por um aquecedor empoeirado que não tinha sido posto em uso desde o inverno anterior.

Apressei-me ao encontro de Marie, paguei pelo meu sestércio e saí da loja. A moeda era um presente para Thomas. Eu ainda não tinha decidido se a levaria para ele de imediato ou se esperaria mais um pouco. De acordo com o plano original, naquele momento eu deveria estar a caminho da *Bibliothèque 18*, mas a condição para que tudo se concretizasse era que o dia seguinte fosse dezenove de novembro. Não foi o que aconteceu, e em vez disso entrei numa farmácia e comprei um emplastro para queimaduras e uma bisnaga de creme antisséptico.

De volta ao hotel, peguei o grande emplastro retangular na caixa da farmácia e o apliquei na queimadura, que havia ganhado um certo relevo e uma coloração avermelhada. Depois telefonei para Thomas. Contei para ele sobre a falha no tempo que eu havia descoberto, mas que ninguém mais parecia ter notado, e admiti que esse tinha sido o motivo para que eu ligasse com duas horas de antecedência. Eu não queria deixá-lo preocupado, mas naquela situação não vi nenhuma outra saída que não mencionar a ele o problema. Nos minutos seguintes descrevi os acontecimentos do dia dezoito com inúmeros detalhes que hoje já não se encontram muito claros na minha memória. Falei sobre a minha visita aos sebos, sobre os livros que eu havia comprado pela segunda vez, sobre a minha visita a Marie e sobre o aquecedor a gás na salinha dos fundos. Falei sobre o sestércio que eu havia comprado para ele e acho que boa parte dos acontecimentos no primeiro e no segundo dezoito de novembro foram mencionados nesse longo monólogo, que Thomas escutou sem fazer praticamente nenhum comentário e nenhuma pergunta.

A lembrança mais clara que tenho dessa conversa é o desequilíbrio que de repente surgiu entre nós quando mencionei nossa conversa da noite anterior. Thomas começou a me fazer perguntas com uma voz preocupada. Ele entendeu que havia feito parte do meu dezoito de novembro, que havia falado comigo e contado sobre como havia passado o dia. Pude dizer a ele como tinha sido o dia, pude dizer como tinha estado o tempo e o que tinha acontecido, mesmo que ele não se lembrasse de nada.

Thomas não duvidou de mim. Simplesmente aceitou que havia falado comigo e esquecido tudo. Foi isso o que o assustou. Uma coisa era eu ter experimentado um defeito no avanço geral do tempo, mas saber que ele próprio tinha feito parte do meu dia, e que tinha mantido conversas e executado ações que naquele momento era incapaz de lembrar, provavelmente lhe havia dado o mesmo sentimento de vertigem e perturbação que eu mesma havia percebido ao ver a fatia de pão caindo. Esse momento peculiar em que o chão sólido desaparece e de repente é como se toda a previsibilidade do mundo cessasse, como se todo um sistema de alarme existencial de repente fosse acionado, um pânico mudo, que não desperta o instinto de fuga nem os gritos por ajuda, nem exige ambulâncias ou sirenes. É como se essa prontidão estivesse a postos no segundo plano da consciência, quase como uma nota fundamental, que não ouvimos no dia a dia, mas que surge apenas no momento em que descobrimos toda a imprevisibilidade do mundo, e assim percebemos que tudo pode se transformar de um instante para o outro, que tudo aquilo que não pode acontecer, e que tampouco esperamos, mesmo assim é possível. Que o tempo para. Que a gravidade cessa. Que a lógica do mundo e da natureza desmorona. Que então somos obrigados a admitir que nossas expectativas em relação à constância do mundo repousam sobre fundações instáveis. Não existem garantias, e por trás de tudo aquilo que tomamos por certo no dia a dia há exceções inverossímeis, falhas repentinas e violações impensáveis.

É estranho que o inverossímil possa ser tão perturbador. Mesmo quando sabemos que toda a nossa existência repousa sobre uma série de estranhezas e coincidências improváveis. Que estamos aqui em razão dessa série de estranhezas. Que as pessoas desse planeta vivem numa esfera giratória que flutua no espaço infinito, rodeada por objetos inconcebivelmente grandes feitos de partes tão pequenas que o cérebro é incapaz de compreender o quanto são pequenas e a quantidade em que existem. Que esses objetos infinitamente pequenos em meio a coisas inconcebivelmente grandes mantêm-se por si mesmos. Que estamos flutuando. Que existimos, apesar de tudo. Que cada um de nós é o resultado de uma sequência imensurável de possibilidades. O inconcebível existe, e está conosco o tempo inteiro. Já aconteceu: levamos a nossa vida em meio ao inverossímil, e viemos de uma nuvem de coincidências inacreditáveis. Talvez essas constatações deem a impressão de que temos um mínimo de preparo para o inverossímil. Mas é justamente o contrário. Acostumamo-nos a viver com o inverossímil sem nenhuma vertigem pela manhã, e em vez de nos movimentarmos com hesitação e cautela num estado de constante admiração, agimos como se nada tivesse acontecido, aceitamos que as estranhezas fazem parte do normal e sentimos vertigem quando a existência se mostra da forma como é: inverossímil, imprevisível e estranha.

E assim o sistema de alarme dispara, e eu pude ouvir que foi isso o que aconteceu com Thomas enquanto eu estava sentada no quarto de hotel, ainda muito abalada por ter vivido a segunda queda da fatia de pão. Pude ouvir na voz dele. O pânico mudo quando ele compreendeu o que tinha acontecido, e a tentativa hesitante de encontrar uma explicação que fizesse sentido. Não havia nada de errado com a ligação telefônica. Era a fundação que havia desaparecido, o sistema de alarme que tinha disparado, o kit de primeiros-socorros que fora necessário. A abertura rumo a um mundo onde tudo pode se transformar. Um tempo que se estilhaça, um dia que se repete, vivências que somem da memória sem deixar vestígios, o pó que volta aos lugares de onde fora limpo.

Via de regra, o todo se fecha. Foi um equívoco. O estranho recebe uma explicação natural, vemos ou lembramos errado, misturamos as coisas, nos enganamos em relação aos dias, o que estava desaparecido volta à tona, o incompreensível apesar de tudo faz sentido, não passou de uma impressão errada ou de um esquecimento, tudo não passou de um sonho ou de um engano, o mundo torna a ser um lugar ordeiro, a vertigem some, podemos mais uma vez respirar aliviados.

Porém não dessa vez. Eu tinha visto a fatia de pão cair dois dias seguidos, e não havia como se enganar em relação a isso. Eu tinha visto Marie limpar o pó do aquecedor a gás, que naquele momento estava tão empoeirado quanto quando o encontramos nos fundos da loja. Eu e Thomas havíamos conversado. Ele tinha me falado sobre o dia dele. Eu lembrava do dezoito de novembro dele. Thomas não lembrava, mas nós dois sabíamos que eu estava falando a verdade. Eu não tinha me enganado. Não havia nenhuma confusão, nenhum mal-entendido. Eu tinha certeza, e Thomas não viu motivo para duvidar.

Thomas disse que gostaria de examinar o dia mais de perto. Eu continuava a ouvir a inquietude na voz dele. Ele queria acabar a conversa. Queria sair para dar uma volta e me ligar só mais tarde. Quando voltou a ligar meia hora depois, Thomas havia feito buscas na internet, em vários jornais, em duas agências bancárias e numa loja de artigos para escritório, e naquele momento estava sentado no café La Petite Échelle, no centro de Clairon. Chovia de leve, era pouco mais de duas horas e ele tinha acabado de ouvir os sinos da igreja ao lado do café, e estava convencido de que aquele era o dia dezoito de novembro.

Ele não tinha explicação nenhuma a oferecer, mas os fatos do dia eram simples: eu havia acordado no mesmo dezoito de novembro dois dias em sequência, e tudo o que acontecia ao meu redor passava-se exatamente como no dia anterior, uma cópia do dia que eu já tinha guardado na memória. Thomas, por outro lado, não reconhecia nada e não encontrava nenhum indício de que já tivesse participado daquele mesmo dia em outra ocasião. Ele se lembrava apenas das nossas conversas no dia dezessete, que para ele era difícil não chamar de *ontem*.

Passamos uns bons minutos cogitando explicações possíveis: alucinações e deslocamentos de memória, mal-entendidos e interpretações equivocadas, loops temporais e universos paralelos, mas não chegamos a nenhuma explicação que fizesse sentido. Nenhum de nós acreditava na existência de portais rumo a universos desconhecidos, e a explicação mais plausível, claro, era que tudo aquilo devia ser uma alucinação, um excesso de fantasia, um sonho. Mas a ideia de que todo o meu dezoito de novembro tivesse sido um sonho, uma ficção ou uma alucinação não era convincente: ninguém se queima por conta de uma ficção, ninguém sonha com um jornal inteiro e ninguém encontra cópias idênticas de suas alucinações durante o café da manhã num hotel em Paris. Não sabíamos o que fazer. A única coisa que podíamos afirmar com certeza era que eu tinha vivenciado um mundo que, ao final da noite, havia retornado ao ponto inicial, havia voltado vinte e quatro horas e reencontrado tudo da maneira como estava no dia anterior.

Não era fácil decidir o que fazer. Cogitamos diversas soluções: eu podia ficar onde estava e ver o que o dia traria, ou então podia voltar de imediato e encontrar Thomas, a única pessoa que naquele momento também era afetada pela falha no tempo, e provavelmente a única pessoa com quem eu poderia compartilhar a existência desse estranho fenômeno sem que fosse recebida com dúvida ou encarada como louca, esquisita ou simplesmente mentirosa. Thomas poderia ir de trem a Paris, e juntos poderíamos investigar a questão ou esperar que o dia voltasse ao normal, mas ele achou que isso não resolveria o problema, e ao fim da nossa conversa a conclusão foi que eu deveria voltar para casa. Não havia muito o que fazer. Eu precisava voltar.

Asseguramos um ao outro de que nos veríamos em breve, e assim terminamos a nossa conversa. Fiz as malas com toda a calma. Juntei os livros, embalei-os cuidadosamente e guardei-os na bolsa, vesti o meu casaco e tomei o rumo da estação, aonde cheguei meia hora mais tarde. Após uma espera de pouco mais de uma hora, eu estava sentada no trem rumo a Lille, onde troquei de trem e segui viagem rumo a Clairon-sous-Bois.

Já tinha escurecido quando desci do trem na estação de Clairon. Tentei chamar um táxi, mas não consegui, então resolvi caminhar os dois quilômetros entre a estação e a nossa casa. Ainda no trem havia começado a chover, a intensidade tinha aumentado e assim saí na chuva com a sombrinha aberta numa das mãos e a bolsa tiracolo no lado oposto. Eram cerca de sete horas, havia água na estrada, o tempo estava frio e escuro e a chuva quase não dava trégua. A queimadura na minha mão, que não havia me incomodado no trem, começou a enviar sinais de dor a cada passo. Notei que o emplastro tinha começado a se soltar na chuva, e de tempos em tempos eu parava e tentava fixá-lo mais uma vez ou então trocava a bolsa e a sombrinha de lado, mas não adiantou nada: a dor sumia por um instante mas logo em seguida voltava.

Mesmo que pareça estranho, havia uma certa tranquilidade nessa caminhada da estação até a nossa casa. Como se aquela jornada fosse adequada à situação, e como se o frio, o desconforto e a dor causada pela queimadura fossem contrapartes da minha perturbação interior. Não era apenas a impressão de que havia uma coisa errada, e não era apenas uma sensação de frio, desconforto e perturbação. Havia também um sentimento de que existia uma solução a ser encontrada, uma certeza de que, se eu simplesmente atravessasse o frio e a umidade, se eu aguentasse a dor na minha mão, se eu continuasse a andar com a sombrinha na mão e a bolsa no ombro, se eu avançasse passo a passo em meio à chuva, eu conseguiria chegar à nossa casa, à nossa sala quente e a Thomas, que me esperava lá dentro. Eu estava sozinha no frio e na chuva, com uma queimadura na mão e uma bolsa cheia de livros no ombro, mas não era uma situação impossível, e desde que um abrigo contra a chuva, uma muda de roupas secas e Thomas estivessem no fim da minha jornada, sem dúvida haveria uma solução. Bastaria terminar aquela jornada em meio à chuva.

Tudo estava conforme o esperado quando cheguei. A luz externa fazia com que as moitas na entrada do jardim projetassem as sombras familiares na parede da casa. O canteiro de legumes estava na penumbra, mas a porta branca da despensa podia ser vista da rua. O caminho de pedra em frente à casa me levou da rua até a porta, como de costume. Era novembro, chovia, eu tinha estado em Bordeaux, depois em Paris, tinha visitado Philip Maurel, tinha comprado livros e voltado dois dias mais tarde, conforme o planejado. A única irregularidade era que eu não tinha encontrado Nami Charet, e que o dezenove de novembro não havia chegado. Uma pequena variação, um erro de contagem, uma falha no tempo, um defeito que eu não sabia como sanar, um problema cujas dimensões eu ainda não conseguia vislumbrar e que, portanto, ainda não podia chamar de bagatela nem catástrofe, mas que lá, naquele momento, enquanto eu andava pelo caminho do jardim, transformou-se num detalhe que podia esperar.

Nos dias que se passaram desde a minha jornada pela chuva, o defeito no tempo cresceu em magnitude: tornou-se um erro de datação que já não pode ser ignorado. Quando penso no que se passou, ainda consigo reviver o sentimento daquela tarde, quando cheguei da estação. Por um breve instante vejo essa falha no tempo como um detalhe de pouca importância, um problema solucionável, uma jornada no frio e na chuva que logo chegaria ao fim, mas no instante seguinte compreendo que esse não era um detalhe que pudesse ser ignorado. A falha não desapareceu, simplesmente cresceu, e eu não sei como fazê-la desaparecer.

Thomas acenou para mim da janela da cozinha assim que me viu sob a luz da rua. Nossos olhares se encontraram por um segundo, e Thomas começou um cumprimento que parou em pleno ar, para a seguir mudar de direção e se apressar até a porta. Nos encontramos na entrada. Sacudi a sombrinha, e Thomas me puxou para dentro de casa, para o calor, e primeiro tirou a sombrinha da minha mão e a bolsa do meu ombro, depois tirou o meu casaco, e por fim nos vimos frente a frente com um único dia entre nós dois, como se eu tivesse acabado de voltar de uma viagem, mas não uma viagem qualquer, dava para ver que as coisas haviam mudado, que estavam diferentes, havia uma nota de angústia em nosso encontro, mas assim mesmo foi como se eu estivesse segura, como se uma tragédia houvesse sido evitada, um incêndio no hotel, um acidente de trânsito, um descarrilamento de trem do qual eu tivesse escapado. Eu tinha evitado o perigo e voltado para casa. Pude notar o alívio no meu corpo, a sensibilidade no ombro, que diminuiu, a dor na mão, que ficou em segundo plano, e pude notar que a camisa de Thomas se umedeceu com a chuva que eu havia levado para dentro de casa.

Quando entrei no hall e tirei as minhas botas, Thomas subiu ao quarto e pegou um blusão quente para mim. Levei minha bolsa para o quarto, peguei os livros, que por sorte não haviam molhado, e apoiei-os em cima da mesa da sala. Peguei roupas secas no fundo da bolsa, troquei de roupa, botei por cima do vestido o blusão que Thomas havia pegado e sentei na sala, em uma das poltronas ao pé da janela. Thomas preparou chá, levou duas xícaras para a sala e sentou na outra poltrona. Ficamos sentados, com uma mesa entre nós, aliviados por estarmos juntos, e falamos sobre o tempo, sobre livros, sobre Philip e Marie, sobre o acidente com o aquecedor a gás, sobre a minha queimadura, que mostrei para Thomas afastando o emplastro, e que naquele momento estava vermelha e úmida de líquido, embora já não doesse muito, não naquele momento, quando eu estava tranquila no calor de casa.

A conversa foi um número de equilibrismo. Evitei com todo o cuidado empregar palavras com significados diferentes para nós, como *ontem* ou *anteontem*.

Eu dizia *hoje* e *no dia dezessete* e *na tarde em que visitei Philip*, e assim pudemos falar sobre a minha viagem sem grandes mal-entendidos.

Dei a Thomas o sestércio romano. Contei que eu o havia comprado à tarde, quando eu havia passado na loja de Philip para examinar o pó no aquecedor. Thomas não era um colecionador e não tinha nenhum interesse especial pelo valor ou pela raridade das moedas, porém ao longo dos anos tinha assim mesmo reunido uma pequena coleção muito interessante. Até onde vejo, não existe nenhum tipo de critério para os objetos que entram nessa coleção, guardada numa caixa de papelão rígido. E não são apenas moedas, há também selos, duas ou três gravuras e dois ou três livros ilustrados em tamanho de bolso.

A coleção, caso eu possa chamá-la assim, é uma das poucas coisas que Thomas guarda desde antes de nos conhecermos, além da casa, é claro, que ele herdou do avô paterno cerca de dois anos depois de nos conhecermos, e do jardim, que continua a se parecer com o jardim onde Thomas brincava durante a infância. Recebemos a casa ainda cheia de objetos da infância de Thomas: as duas poltronas, o tapete preto e branco no chão da sala, as xícaras na mesinha entre nós dois, a escrivaninha no escritório do andar de cima, as ferramentas na casinha do jardim, a estante de livros na sala e o velho aparelho de som, que ainda funciona. O restante dos móveis tinha vindo do meu apartamento em Bruxelas, para onde Thomas se mudou logo depois que nos conhecemos. Ele chegou com umas caixas de livros antigos — o início daquilo que viria a ser a T. & T. Selter — e a caixa com a pequena coleção de objetos na qual imaginei que ele guardaria o sestércio romano.

Passamos boa parte da tarde na sala. Eu estava de volta. Estávamos juntos outra vez. Enquanto estávamos lá, sentados com nossas xícaras de chá, o mundo parecia quase normal. Mesmo assim, era impossível afastar o sentimento de preocupação que a transformação do tempo havia trazido consigo. Durante o decorrer da tarde, abordamos o assunto por caminhos variados, mas não conseguimos encontrar nenhuma explicação e nenhuma saída. Thomas achava que o problema talvez sumisse por conta própria. Ele queria me tranquilizar, ou ainda tranquilizar a si mesmo. A certa altura, Thomas disse que o tempo sempre tentaria voltar ao eterno movimento à frente. Desde sempre as pessoas haviam lidado com transformações, rios que transbordam do leito, acidentes de trânsito, lesões no tornozelo, secas e invernos gelados, mas no final das contas, disse Thomas, agora estamos aqui, como se nada tivesse acontecido. Ninguém havia morrido, ninguém havia se machucado.

Eu estava preocupada. Por segurança, levei os dois livros que havia trazido de Paris para o quarto ao me deitar já tarde da noite. Deixei-os no pé da cama antes de irmos para baixo das cobertas e aconchegarmo-nos um no outro, embora não tivéssemos feito nenhum plano para o dia seguinte, como em geral faríamos. Talvez acreditássemos que as chances de voltar ao andamento normal do tempo seriam maiores se agíssemos como se nada tivesse acontecido.

Pouco depois notei que Thomas estava dormindo. Pude ouvir a respiração dele e distinguir os contornos do rosto, e acho que pude ver quando abriu os olhos por um breve momento. Já não sei mais ao certo o que vi na escuridão, mas ainda me lembro de um instante que posso descrever apenas como uma leve reprimenda, como se não o tempo, mas eu fosse a responsável por desequilibrar o mundo em que ele vivia.

Thomas logo tornou a fechar os olhos, eu não saberia dizer se adormeceu outra vez em seguida, mas pouco depois, quando tive certeza de que ele estava dormindo, soltei o braço dele e, em silêncio, me afastei na cama.

Eu continuava preocupada. Pude ver os livros no pé da cama, e por capricho tirei *Histoire des eaux potables* e *The Heavenly Bodies* da pilha e pus os exemplares sob o meu travesseiro, antes que eu mesma também adormecesse.

Na manhã seguinte acordei antes de Thomas, e no início tudo parecia normal. Senti as roupas de cama na minha pele, Thomas ao meu lado. Notei o frio no ar, a luz tênue que vinha da janela. Essa sensação durou um tempo. Talvez minutos, talvez não mais que segundos, durante os quais tive a sensação de estar numa manhã totalmente normal, um sentimento familiar de cotidiano. Era manhã. Eu tinha acordado. Thomas continuava dormindo.

Mas pouco depois me ocorreu que eu não tinha simplesmente acordado na cama ao lado de Thomas numa manhã comum. No início tive um sentimento de apreensão, de que havia alguma coisa errada, de que eu tinha me esquecido de alguma coisa, de que alguma coisa tinha escapado à minha atenção, e só ao notar os livros embaixo do meu travesseiro compreendi qual tinha sido o motivo da minha apreensão. Detalhes do dezoito de novembro surgiram naquela manhã com a visão dos livros, e no mesmo instante lembrei que eu tinha estado em Paris, que eu tinha acordado em um segundo dezoito de novembro em vez do dezenove esperado, que eu tinha voltado em meio à chuva, que eu havia conversado com Thomas, que naquele momento dormia ao meu lado, e que eu tinha colocado dois livros sob o travesseiro antes de deitar e dormir — os dois livros que naquele momento eu havia redescoberto. Notei que ao pé da cama havia três outros livros, juntei-os todos, tirei a pilha de livros de cima da cama e a pus no chão. Depois peguei um blusão que estava pendurado no encosto de uma cadeira, vesti-o por cima da camisola e desci à cozinha.

A situação permanecia indefinida. Tanto podia ser dezoito como dezenove de novembro. Também poderia ser vinte de novembro. Eu não sabia, e não tinha pressa nenhuma para descobrir. Preparei o café da manhã. Cozinhei ovos, tostei pão, misturei a granola e a servi em duas tigelas na bandeja. Havia duas maçãs do pátio numa fruteira, peguei uma delas, tirei as manchinhas escuras, cortei a maçã em cubinhos e os espalhei por cima da granola nas tigelas. Não me apressei: preparei o café, mas logo fiquei em dúvida e decidi preparar também um bule de chá. Peguei xícaras e pratos, facas e colheres. Peguei manteiga, queijo, geleia, mel e leite e coloquei tudo na bandeja, que ficou cheia. Subi a escada com a bandeja, deixei-a no patamar da escada e desci para buscar os bules de chá e de café, levei-os para cima, larguei-os no patamar da escada, peguei novamente a bandeja e a levei para o quarto.

Quando entrei com a bandeja, Thomas estava acordado. A surpresa dele foi tremenda. Para ele, aquele era o dezoito de novembro, não o segundo ou o terceiro, mas o primeiro e único. O dia anterior tinha sido o dezessete. O dia a seguir seria o dezenove, quando eu voltaria da minha viagem. Que eu já estivesse de volta àquela altura com uma bandeja caprichada para o café da manhã foi uma surpresa para ele.

Coloquei a bandeja em cima da cama, peguei os bules de chá e de café no patamar da escada e deixei-os na mesa de cabeceira antes de sentar na cama ao lado de Thomas. Contei-lhe sobre a minha estada em Paris, sobre a minha volta para casa, sobre a noite que havíamos passado juntos. Ele conferiu datas e horários no celular, mas viu-se obrigado a concluir que aquele era o dia dezoito de novembro, e que eram 9h07 da manhã. Ele sabia que tínhamos conversado no dia dezessete. Mas não havia nenhum resquício do dia dezoito. Ele não se lembrava de nada. Nada de telefonema, nada da minha volta para casa, nada de sombrinhas ou casacos. Nada de livros trazidos para casa, nada de conversas cautelosas nem de frases para me consolar. Pude ver a apreensão no rosto dele quando eu disse que tinha vindo da estação até a nossa casa em meio à chuva, que ele tinha me visto da cozinha e começado um aceno, encerrado às pressas quando veio em minha direção. Mostrei-lhe o movimento que ele fizera com a mão, contei que havíamos nos encontrado na porta, disse que tudo estava praticamente normal e enfatizei que eu tinha voltado, que estávamos sentados na cama, que o café da manhã estava servido na bandeja, que estávamos juntos, ninguém havia morrido, ninguém havia se machucado. Os cubinhos de maçã que eu havia colocado na granola já estavam oxidando, e a água quente havia emprestado parte do calor ao ar matinal, porém isso era tudo.

Estávamos juntos, podíamos tomar o café da manhã juntos, podíamos aproveitar o dia na companhia um do outro.

Enquanto comíamos, abordamos a questão de tudo o que tinha acontecido. Thomas hesitou. Ele achava que devíamos monitorar o tempo. Acho que talvez quisesse se acostumar à ideia. Ou talvez esperasse que as minhas lembranças relativas aos dois dezoito de novembro anteriores fossem desaparecer, e que assim uma explicação mais razoável para o meu retorno pudesse surgir. Mas eu já sabia o que aquele dia traria. Aquele era o mesmo dia, o terceiro na sequência.

Quando terminamos o café da manhã, Thomas conferiu a data no computador do escritório, leu as notícias, a previsão do tempo e os alertas emitidos, mas tudo apontava para um dezoito de novembro totalmente normal. Pouco depois ele sugeriu que saíssemos para dar uma volta, fazer compras e quem sabe ir até o rio. Eu achava que seria melhor esperar até a tarde, quando o tempo houvesse melhorado, como Thomas disse que aconteceria, mesmo que naquele momento não fosse essa a previsão, mas às três e quinze a chuva realmente parou, as nuvens começaram a se dissipar e o sol apareceu. Vestimos roupas quentes, pegamos sombrinha e guarda-chuva e saímos para um dos nossos passeios habituais pela floresta até o rio. Descemos até o moinho desativado e seguimos pelo caminho ao longo da margem, que apesar da quantidade de chuva que havia caído em novembro não havia transbordado. A seguir atravessamos a floresta e saímos na cidade, onde fizemos compras no mercado, para então voltar para casa.

Eu tinha juntado os cinco livros comprados em Bordeaux e Paris e guardado todos numa mochila que volta e meia uso quando vou às compras. Aquilo tinha sido uma medida de segurança intuitiva que eu não conseguia explicar para Thomas. Tive um sentimento de que os livros desapareceriam se eu não os tivesse perto de mim, e quando Thomas se ofereceu para carregá-los, recusei na mesma hora. No caminho de volta, ainda na cidade, olhei pelas vidraças em direção ao calendário no interior do banco, e fui obrigada a parar e conferir a data num caixa eletrônico em nosso caminho. Na agência de correio da Rue Pareillet eu quis conferir a data no mostrador de um parquímetro, como se procurasse uma falha em meio aos muitos sinais de que aquela data estava se repetindo. Mas em todos os lugares a data era a mesma. Não havia dúvida. Era dezoito de novembro pela terceira vez.

As nuvens começaram a escurecer mais uma vez, e o céu cinza-claro, que no meio-tempo tinha dado espaço a nesgas de azul, voltou a ficar cinza-escuro. No caminho de volta choveu mais um pouco, e quando chegamos em casa a chuva se transformou em tempestade. Pouco depois, quando o céu estava completamente escuro e a chuva continuava a cair, vimos o vizinho correr ao longo da cerca até o fundo do pátio, onde fez uma curva e seguiu correndo em direção à casa dele para abrir o portão e desaparecer. Tirei os livros da mochila e os coloquei na mesa da sala, e quando a chuva parou Thomas foi buscar lenha no depósito para acender a lareira.

Fizemos amor no chão da sala. Sempre aproveitávamos o nosso tempo juntos. Não éramos um desses casais que se veem obrigados a separar-se um do outro, a ter saudades e a redescobrirem-se, a viajar e então tornar a se encontrar num acidente de amor. Não são a distância, as despedidas e os reencontros que nos mantêm unidos. Nossa abordagem sempre havia sido o tempo que passamos juntos, dia após dia e noite após noite. Uma ligação surge entre nós, uma tensão que ganha força ao longo do dia, até que de repente, muitas vezes ao fim de um longo dia juntos, começamos a tirar as roupas um do outro. Naquele momento estávamos no chão, em cima do tapete preto e branco, enquanto na rua continuava a chover.

Nosso amor sempre foi microscópico. Existem coisas nas células, nas moléculas e nas ligações fora da nossa esfera de influência que se encontram no ar ao nosso redor, ondas sonoras que constroem estranhas harmonias quando conversamos no nível atômico, ou mesmo subatômico. Não temos abismos nem distâncias. É outra coisa, uma espécie de vertigem celular, uma forma de eletricidade ou magnetismo, ou talvez química, eu realmente não sei. Mas há uma coisa que surge no espaço entre nós, um sentimento que ganha força quando estamos na companhia um do outro. Talvez sejamos um sistema meteorológico em que tanto a condensação como a evaporação coexistem: estamos juntos, vemos um ao outro, tocamos um no outro, nos condensamos, nos encontramos, nos amamos, pegamos no sono, acordamos e voltamos à nossa estranha ligação, um sistema meteorológico discreto em que não existem catástrofes naturais. Ou um sistema meteorológico em que, até o dia dezoito de novembro, não existiam catástrofes naturais.

À noite peguei os livros e os deixei ao pé da cama. Hesitei um pouco, mudei de ideia e mais uma vez, por segurança, coloquei *Heavenly Bodies* e *Les eaux potables* debaixo do travesseiro. Os livros tinham atravessado o dia ilesos, mas eu não sentia nenhuma vontade de arriscar. Ainda cedo me ocorreu que o sestércio romano tinha desaparecido, mas eu não havia mencionado nada para Thomas, na esperança de que talvez reaparecesse. Eu o havia procurado nos lugares mais óbvios, como na minha bolsa, na mesa da sala, na escrivaninha do escritório, porém não o encontrei em lugar nenhum.

Falei a Thomas sobre o sestércio. Ele não se lembrava de nada, não se lembrava onde o havíamos deixado no dia anterior, claro, mas naquele momento começamos a procurar em todos os lugares possíveis onde um de nós pudesse ter largado uma moeda romana. Primeiro Thomas foi ver se não a havia posto na coleção, porém a moeda não estava lá, e tampouco fora guardada numa gaveta, esquecida no canto de uma estante ou deixada no parapeito do quarto.

Eu estava — e ainda estou — convencida de que a moeda devia ter voltado à loja de Philip Maurel da mesma forma como os livros haviam voltado para as respectivas estantes na primeira noite. Já pensei em voltar a Paris em busca de respostas, mas por enquanto vou ficar onde estou. Não vou a Paris, e não vou à sala atrás de Thomas, que há poucos minutos subiu a escada que leva ao escritório e logo desceu à sala com um bloco de notas onde pretende fazer observações sobre o livro que está lendo. Já é noite. Mais um dezoito de novembro chega ao fim. Passei boa parte do dia sentada ao lado da janela num cômodo que projeta luz sobre o gramado úmido, e não vou a lugar nenhum.

Claro que não encontramos o sestércio. Enquanto pela segunda vez eu o procurava na cômoda do quarto, Thomas estava sentado na beira da cama, tentando entender a mecânica do dezoito de novembro, porém sem nenhum tipo de sucesso. Certas coisas sumiam, porém não todas. Minha bolsa e minhas roupas não haviam sumido, nem os livros do dia dezessete, e mesmo os livros que eu havia comprado no dia dezoito, que num primeiro momento haviam sumido do meu quarto no Hôtel du Lison e sido buscados mais uma vez, tinham permanecido em nossa casa. Os livros haviam passado a noite embaixo do meu travesseiro e o dia sob o meu olhar atento, como ainda estavam. O sestércio, por outro lado, não parecia estar em lugar nenhum.

Quando pouco tempo depois eu me virei para Thomas para fazer um comentário mais longo sobre a irregularidade do tempo e recapitular os detalhes do dia, de repente foi como se ele houvesse começado a se divertir com aquela situação, como se naquele momento, após passar o dia inteiro às voltas com aquela ideia, ele tivesse começado a encarar o estranho comportamento do tempo como uma diversão que houvesse entrado em nossa vida. Quando me enfiei debaixo das cobertas ao lado dele, a apreensão da manhã havia sumido para dar lugar a uma alegria repentina, e antes que dormíssemos ele fez — supostamente por segurança — um breve discurso voltado aos livros sob o meu travesseiro e aos livros no pé da cama, pedindo que ficassem mais um pouco, para então se aconchegar em mim, me abraçar e pedir que eu também ficasse mais um pouco, até o dia seguinte, independentemente de que dia viesse, ou, melhor ainda, por um dia a mais — de preferência para sempre. Pouco depois ele adormeceu, e eu devo ter caído no sono poucos minutos depois.

São esses momentos que de vez em quando me levam a levantar da cama e ir até a porta do hall, sem no entanto abri-la, porque no mesmo instante lembro que vai ser preciso explicar a minha presença, que agora tenho 122 dias a explicar, que mais uma vez estou prestes a ver a apreensão no olhar de Thomas e acrescentar às pressas que ninguém morreu e ninguém se machucou, que é apenas o tempo que se estilhaçou, e assim me detenho e continuo aqui dentro. Seria preciso quase a noite inteira para que o absurdo da situação começasse a nos animar. Como se essa alegria estivesse lá no fundo, como se precisasse vir à tona através de camadas e mais camadas de apreensão e dúvida, camadas e mais camadas de perguntas sem resposta, como bolhas de gás presas no permafrost que aos poucos derrete.

Comecei a me acostumar à ideia. Estou presa num dia específico de novembro, mas estou em casa, e Thomas está na sala ocupado com a leitura do quarto capítulo de *Lucid Investigations* de Jocelyn Miron. Não acho que Thomas esteja pensando em mim agora, mas, caso esteja, ele certamente imagina que estou no Hôtel du Lison, ou então que estou na loja de Philip Maurel. Ele não espera que eu ligue hoje à noite, com certeza espera que o mais cedo seja amanhã pela manhã ou até mais tarde, depois que eu já tiver encontrado Nami Charet e estiver num trem voltando para Clairon. Minha expectativa é que Thomas passe mais um tempo lendo, que de vez em quando ponha o livro de lado e escreva duas ou três frases no bloco de notas antes de arrancar a página do bloco e colocá-la entre as páginas do livro, no final do capítulo quatro. Minha expectativa é que depois ele apague a luz da sala, confira se as portas estão trancadas, primeiro a porta da frente, depois a porta dos fundos, apague a luz do hall, suba a escada e deite para dormir. Imagino que eu também logo apague a luz aqui no quarto de hóspedes, deite para dormir e amanhã acorde no dezoito de novembro #123.

#123

Na manhã seguinte — o meu quarto dezoito de novembro — foi Thomas que acordou primeiro. Senti a mão dele no meu ombro, pude ouvir a alegria na voz dele e uma nota de confusão ao perguntar quando eu havia chegado e como eu podia estar de volta, se à noite eu tinha falado com ele do hotel em Paris. Me sentei na cama e ao fim de poucos segundos me lembrei do que tinha acontecido. Ele repetiu a pergunta e por um breve instante achei que estava falando sobre a nossa conversa após minha visita a Philip Maurel, e que de repente havia se lembrado do primeiro dezoito de novembro, mas na verdade ele estava falando do dia dezessete. A lembrança era da nossa conversa antes que eu me deitasse no hotel, ainda no dia em que eu havia chegado de Bordeaux. Thomas mais uma vez tinha acordado pela primeira vez no dezoito de novembro, e tudo o que acontecera no meio-tempo havia desaparecido. O dia chuvoso de novembro em Clairon-sous-Bois havia sumido. Nossa conversa telefônica após a visita a Philip

Maurel tinha desaparecido. Meu retorno no segundo dezoito de novembro fora apagado. Nosso café da manhã juntos no terceiro dezoito de novembro havia sumido da memória dele, e o mesmo tinha acontecido com as nossas conversas durante o dia, com o nosso passeio pela cidade, com o nosso sexo no tapete da sala, com a nossa busca pelo sestércio desaparecido e com o discurso que Thomas havia feito para os livros na cama. Era dezoito de novembro pela quarta vez, e eu já sabia que aquele dia tampouco deixaria marcas na lembrança dele.

Mais uma vez contei a Thomas o que tinha acontecido, e mais uma vez pude ver a alegria com a minha chegada transformar-se em apreensão. Novamente tentei responder a todas as perguntas feitas por ele, sem ter, no entanto, nenhuma explicação razoável a oferecer.

Nos dias seguintes acordei com o mesmo sentimento indefinível de um dia qualquer, como eu tinha acordado no dia após o meu retorno. Por mais duas ou três vezes Thomas me acordou dessa forma, surpreso ao me encontrar na cama ao lado dele, mas em geral era eu quem acordava primeiro. Eu acordava aos poucos. No início apenas com um sentimento de estar em casa, numa situação entre o sono e a vigília, uma consciência embotada. Acordo como que para uma coisa que ainda não tomou forma, de vez em quando com um sentimento de que tudo está como sempre esteve. Como nas manhãs em camas estranhas, quando imaginamos ter acordado em casa até descobrir que a porta está no lugar errado, as roupas de cama são desconhecidas, o quarto é outro. Ou como nas manhãs de nossa infância, que iniciam como dias completamente normais e de repente revelam-se como a véspera de Natal ou o dia de nosso aniversário. Ou ao contrário, nos espreguiçamos e nos preparamos para uma manhã comum até o momento em que somos atingidos por uma apreensão ou uma preocupação que havia desaparecido ao longo da noite.

Era assim que os dias começavam: numa manhã indefinida. Uma luz cinza entra pela janela. Ouço o canto dos pássaros, o barulho da chuva. Sinto a roupa de cama na minha pele, o leve rumor do vento nas árvores, o suave farfalhar da manhã. Lembro-me de tudo como um mundo quase desprovido de profundidade, não como um sonho, mas como se partes da consciência estivessem indisponíveis: estou desperta, sinto o mundo ao meu redor, vejo e ouço, como numa central de escuta, mas apenas o que se encontra muito perto deixa-se apreender, tudo mais é relegado ao plano de fundo e some, como se o dia tentasse chegar nu, neutro, privado de características. É apenas uma manhã, a única manhã possível.

Essa sensação dura um tempo. Flutuo em meio à névoa matinal, percebo o recinto onde estou, pressinto Thomas, que se movimenta enquanto dorme ou até já desperto, a mão que estendo, a luz matinal, os móveis no quarto, a porta que leva à escada, e pouco depois os detalhes se revelam, as memórias se restabelecem, eu me lembro do que aconteceu, lembro que o tempo se estilhaçou, e que assim mesmo os dias continuam a passar. Cinco dias, seis ou sete, oito, dez ou doze, e compreendo que mais uma vez surgiu um furo na minha manhã, e que o dia está prestes a tornar-se mais um dezoito de novembro.

Não sei o que está acontecendo. Se o tempo é engolido à noite, se o passado e o futuro desaparecem no sono e são evocados apenas quando desperto. Ou se são as palavras que se apagam, de maneira que as coisas tenham somente os contornos. Talvez seja a linguagem que se fecha, e assim eu acorde sem palavras, ou apenas com as palavras mais próximas: manhã, aqui, agora, desperta, luz. Talvez eu acorde sem frases. Ou apenas com as frases mais simples, que se revelam quando acordo. Agora é de manhã. Aqui está o dia. Estou desperta.

Não sei o que é, mas toda manhã acontece a mesma coisa. Acordei na cama ao lado de Thomas, sob a luz cinzenta que atravessa a cortina, sentindo a roupa de cama na pele com os sons abafados de chuva e vento e um sentimento difuso de que é manhã, e essa manhã pouco a pouco transforma-se em mais um dezoito de novembro.

Acordei Thomas com todo o cuidado. Tentei mantê-lo no momento o tanto que pude, antes que a lembrança dele também se reavivasse, e ele lembrasse que eu estava em Paris, ou melhor, que eu devia estar em Paris, e assim fosse tomado pela surpresa.

Aos cochichos, expliquei o que tinha acontecido. Senti a apreensão dele. Quando eu olhava para ele, aquele olhar parecia afiado, mas eu conseguia tornar a amaciá-lo quando desviava o rosto, ou ainda quando eu chegava mais perto e falava aos sussurros. Nada tinha acontecido. Ou quase nada. Era apenas uma falha no tempo. Mas eu estava de volta, estávamos juntos, ninguém havia morrido, ninguém havia se machucado, não tinha acontecido nenhuma tragédia, acidente ou catástrofe, nada de ambulâncias ou enterros. Até minha queimadura estava melhor.

Thomas jamais duvidou do meu relato, mas tampouco seria necessário. Eu podia dizer para ele quando a chuva havia de parar, e também quando havia de recomeçar, eu podia dizer que o carteiro passaria às 10h41, quando estaria chovendo de leve, eu podia descrever como um rabilongo esvoaçaria ao redor da macieira e prever que às 17h14 o nosso vizinho apareceria caminhando sob a chuva forte, ao longo da cerca que levava ao fundo do nosso quintal, faria uma curva à direita e depois seguiria pelo caminho entre a nossa casa e a dele. Da janela do escritório pudemos ver quando ele abriu portão, caminhou pela estradinha, evitou uma poça d'água que havia se acumulado no ponto em que quatro lajes se encontravam, continuou a seguir apressadamente em direção à porta dos fundos e destrancou a porta com a chave que já estava a postos na mão, porque ele a tinha sacado do bolso ainda durante a corrida em meio à chuva.

Foram dias estranhos. Acordávamos pela manhã, saíamos para dar um passeio e sentávamo-nos para beber café em um lugar qualquer no dezoito de novembro. Durante boa parte do dia prestávamos muita atenção um ao outro, como um casal recém-apaixonado ou duas criaturas míopes. Fazíamos com que o horizonte desaparecesse. Procurávamos essa vertigem. A distância entre nós, que se desfazia em meio à neblina. Fazíamos da vertigem uma parte do dia. Um quarto iluminado de confusão cinzenta.

Não acredito que tenha sido um ato de vontade, mas aos poucos e de maneira quase imperceptível consegui prolongar esse sentimento de manhã neutra e indefinida. Eu o concentrava, intensificava-o no meu despertar cinzento, e a cada nova manhã conseguia mantê-lo comigo um pouco mais. Já ao fim de poucas manhãs eu conseguia manter esse sentimento tempo suficiente para abarcar todo o quarto ao meu redor: a roupa de cama e o corpo de Thomas ao meu lado, a parede atrás da cama e o armário junto à parede, uma cadeira com roupas, a luz matinal, um leve barulho da porta da chaminé que batia com a força do vento. São barulhos familiares, e a manhã é uma manhã comum, aberta e espaçosa, e estou deitada na cama, enquanto pequenos fragmentos do mundo me adentram e se dissolvem, uma rápida sequência de vozes de pássaros, um melro que desafia o dia cinzento ou um pintarroxo que canta durante uma pausa na chuva, a princípio três ou quatro notas depois seis ou sete, por fim oito, e depois tudo se dissolve na minha névoa própria.

Deve ter sido um treinamento inconsciente na arte da indefinição, uma primeira nota a partir da qual todo o dia se constrói. Me lembro da tranquilidade e da luz suave da manhã. Me lembro da névoa que nos acompanhava dia adentro. Andávamos por um cenário nebuloso, no qual discerníamos somente o contorno das coisas. Não parecia necessário saber se as criaturas que víamos pertenciam a um tipo ou outro, se eram árvores ou arbustos que víamos ao caminhar pela estrada, se eram casas ou pequenos galpões que deixávamos para trás.

Tampouco parecia necessário saber se estávamos embaixo d'água. Estávamos no fundo do mar, como dois mergulhadores que examinam cautelosamente o ambiente ao redor, apontando peixes ou naufrágios ou ruínas esquecidas. Comunicávamo-nos por meio de sinais e gestos, escolhíamos objetos merecedores de atenção mais detida, juntávamos uma coisa ou outra para em seguida largá-la. Nossas explorações eram marcadas por uma estranheza silenciosa que não estávamos dispostos a abandonar.

Ou talvez fôssemos náufragos levados à terra. Largados, após o tumulto das ondas, num litoral desconhecido, surpresos por ter escapado, admirados por ainda estarmos vivos, mas ainda sem saber o que estaria à nossa espera quando começássemos a explorar a costa.

Hoje recordo aqueles dias como os nossos dias mais felizes. Os dias mais felizes de nossas vidas. Eu me sentia amada. Eu me sentia amada no sofá, na sala, no chão. Eu me sentia amada na cama, e também quando sentávamos para jantar no final da tarde. Não era um sentimento incomum. Não era nada diferente do que havia antes do dezoito de novembro, apenas mais forte, e também não havia nada que precisássemos fazer. Aquele era um tempo que não fugia de nós. Como se cada dia fosse o nosso primeiro encontro, porém mais intenso, e talvez — pelo menos é o que hoje me parece — talvez com um certo desespero latente, embora não fosse assim que nos sentíssemos. Havia uma sensação de eletricidade à flor da pele, nossas frases coincidiam quando falávamos. Havia alguma coisa no espaço entre nós, um adensamento, uma rede de ligações. Eu me sentia compreendida. Eu dizia frases que eram ouvidas, e ouvia as palavras que me eram ditas.

Vivíamos em dois tempos diferentes. Dois tempos que haviam transbordado. Estávamos no ponto em que os rios se encontram e passam a correr juntos. Uma espécie de Mesopotâmia, onde Tigre e Eufrates não passam de nomes diferentes para água. Estávamos bem na Mesopotâmia.

Tínhamos encontrado um ritmo. Acordávamos pela manhã. Eu explicava a minha presença. Thomas escutava, ficava preocupado, começava a se habituar à ideia. Saíamos nas pausas entre as pancadas de chuva ou então dávamos um passeio à beira do rio durante a tarde. Às vezes, já no final do dia, Thomas percebia o elemento cômico daquela situação e começávamos a fantasiar sobre as consequências de um tempo incapaz de se manter. Ouvíamos o vento e o tamborilar da chuva na janela, ou então saíamos no escuro. Na biblioteca da Rue du Vieux Moulin, retiramos livros sobre mundos paralelos e múltiplos universos. Lemos histórias sobre bolsões, loops e labirintos de tempo. Descobrimos filmes sobre viagens no tempo e aberrações cronológicas. Líamos em voz alta, um para o outro, enquanto pensávamos, fantasiávamos e esperávamos que o tempo voltasse a fazer sentido. Depois nos perdíamos em explicações mais aventurescas: seria o sestércio romano, seria o nosso amor, seria a minha queimadura responsável por abrir o portal rumo a um outro tempo? Haveria uma explicação natural ou forças desconhecidas estariam operando?

Não sei dizer se de fato procuramos uma explicação. Andamos em círculos. Não faltaram sugestões, ideias e fantasias. Movimentávamo-nos em uma nuvem de teorias, observações e modelos explicativos — com frequência no final da tarde ou início da noite, quando Thomas já havia se acostumado à ideia, quando estávamos sentados de frente um para o outro na mesa da cozinha, quando estávamos deitados no chão da sala ou na cama, quando terminávamos de jantar ou de fazer amor. Nossas investigações sofriam mudanças constantes, quase como uma dança que nos levasse a percorrer todo o salão, uma inocente e desajeitada polca do saber, uma valsa do espanto, um alegre balé da descoberta, um exaustivo sapateado entre fatos e observações, um tango da exploração dançado a dois, que explorava o ambiente sem procurar uma saída ou um lugar de descanso.

Observávamos as coisas. Ouvíamos os galhos contra a janela, um vaso de plantas movido pelo vento, a chuva que aumentava e diminuía, a chegada do carteiro, de vizinhos e crianças que andavam pela rua. Fazíamos compras durante o dia sabendo que as coisas talvez, talvez não estivessem em lugar nenhum na manhã seguinte, porque às vezes sumiam durante a noite. Havia irregularidades, mas não fizemos análises mais detalhadas. Havia embalagens recém-compradas de pão ou de biscoitos que sumiam durante a noite, e na manhã seguinte podiam ser reencontradas no supermercado, onde no dia anterior havíamos comprado a última unidade disponível na prateleira. Havia livros retirados da biblioteca que voltavam para as estantes de onde haviam saído durante a noite. Havia roupas que desapareciam, um par de meias-calças que eu nunca cheguei a usar, porque na manhã seguinte já tinha desaparecido. Havia repetições e estranhezas. Observávamos e nos admirávamos, mas não por muito tempo, e na verdade não acho que estivéssemos à procura de uma explicação. Estávamos dispostos a aceitar qualquer teoria que descrevesse a nossa situação, ainda que em termos meramente aproximados, e igualmente dispostos a abandoná-la se encontrássemos outra.

Descobrimos padrões, mas não os examinamos mais de perto. Descobrimos irregularidades, nos admiramos e logo as esquecemos. Lembro de tudo como se fosse uma experiência conjunta, mas na verdade eram os meus padrões e o meu espanto, porque no dia seguinte Thomas havia sempre esquecido todas as nossas conclusões, e então o nosso dia recomeçava.

Havia pequenas descobertas e explicações apressadas. Não reuníamos esse conhecimento, porque eu deixava tudo solto na memória, e assim era fácil cair num esquecimento a dois e também fácil recordar quando fosse necessário.

Muitas vezes acabávamos simplesmente constatando que não se pode saber tudo, que precisamos aceitar certos deslocamentos na existência, que as irregularidades são esperadas, e de fato era o que encontrávamos: padrões e irregularidades, dois mundos que tentavam reconciliar-se.

Passamos semanas assim. Ou uma quantidade de dias que corresponde a semanas. Sessenta e três dias, talvez. Sessenta e quatro. Ou sessenta e cinco. Não sei. Não lembro ao certo quando foi que as coisas começaram a tomar outro rumo.

Eu havia contado os dias, mas cada dia era apenas um risco no pequeno bloco de notas que eu mantinha na cozinha. No início era uma coisa a respeito da qual nós conversávamos: a quantidade de dias e de riscos no bloco de notas, porém logo o bloco foi guardado em uma gaveta na mesa da cozinha. Durante o dia eu aproveitava um momento em que estava sozinha e abria a gaveta, pegava o bloco de notas, fazia uma marquinha, fechava-o e tornava a guardá-lo na gaveta. A quantidade de dias já não era mais um assunto sobre o qual falávamos. Não podíamos deixar que os dias se colocassem entre nós, e assim eu mantinha a distância guardada em uma gaveta da cozinha.

Aos poucos a clareza voltou. Ficou mais difícil manter aquilo tudo. Foi como se a névoa se dissipasse. Ou como se os mergulhadores retornassem à superfície. Os náufragos familiarizaram-se com o litoral. Os dias se tornaram mais límpidos. Mas não os primeiros segundos. Minhas manhãs ainda começavam da mesma forma. Eu percebia o espaço ao meu redor, o dia que começava a se abrir, às vezes tentava me apegar à sensação de uma manhã cinzenta e nebulosa durante umas poucas notas do canto dos pássaros, quatro ou cinco notas, depois só três, talvez duas, não mais, e então o momento chegava ao fim e eu me lembrava de tudo: meus pensamentos começavam a examinar o quarto, meu olhar procurava a janela, a manhã, os pássaros na árvore, as casas e ruas por onde as pessoas tomavam o rumo do dezoito de novembro num padrão fixo, certas de que se encontravam naquele dia pela primeira vez.

Minha manhã ganhava profundidade e um horizonte claro. Mas eu não desejava horizonte nenhum. Eu desejava a luz cinzenta da manhã e um dia que começasse sem tempo, sem lembranças nem planos, mas já não era mais possível. Umas poucas notas de um pássaro em novembro, um quarto nítido e um dia que não pode ser contido. Havia uma clareza no ar, e em vez das sensações vagas da roupa de cama, do cômodo e da alegre luz matinal, as coisas transformavam-se nos objetos nítidos do dezoito de novembro, no cenário completo daquele dia. Thomas, deitado ao meu lado, já não era mais o meu marido adormecido numa manhã indefinida, mas o meu marido cada vez mais distante, dia após dia, meu amante ainda não perdido, cujo olhar surpreso eu naquele momento estava prestes a encarar, porque aquela não era uma manhã qualquer, e eu já não era mais Tara, ainda meio sonolenta, com uma vivacidade difusa e uma felicidade contida, mas Tara, de volta ao tempo destruído, e novamente havia chegado o momento de contar para Thomas aquilo que tinha acontecido. Eu testemunharia a apreensão dele e me apressaria a dizer que ele não precisava se preocupar, que eu estava lá, que estávamos juntos, que ninguém havia morrido, ninguém havia se machucado. Eu estava em casa, não tinha acontecido nada comigo, estávamos os dois vivos, só o tempo havia se estilhaçado.

Eu havia perdido a minha névoa matinal. O dia surgia, nítido em cores e totalmente vestido, às vezes já no instante em que eu acordava, embora às vezes demorasse um pouco mais, porém nunca o suficiente para que eu conseguisse adiar tudo aquilo. O dia havia se tornado o dezoito de novembro #68, #69, #70, #71.

Por fim a clareza tornou-se quase insuportável. Não havia circunstâncias atenuantes. Eu tentava contar para Thomas o que tinha acontecido, porém minhas explicações soavam nebulosas, insuficientes. Eu tentava dizer que ninguém havia morrido e ninguém havia se machucado. Que a minha queimadura havia cicatrizado, e que restava apenas uma pequena cicatriz vermelha. Que ele não tinha por que se preocupar. Mas uma apreensão havia surgido na minha voz. Eu tinha começado a ver tudo com mais nitidez, tinha começado a procurar explicações, já não havia mais uma névoa em que eu pudesse me esconder. Eu me sentia desprotegida, e também sozinha.

E foi assim que acabei vindo para cá. Foi numa das manhãs em que acordei com uma consciência imediata de tudo o que tinha acontecido. Acordei no quarto de sempre, com a mesma luz cinzenta, com a mesma chuva silenciosa, com os mesmos pássaros no lado de fora, cujas vozes outonais e melodias breves eu tão bem conhecia, porém tudo se apresentou a mim sem o filtro protetor do sono. Devia ser o dia #76, porque fiz a marca no meu bloco de notas com uma esferográfica que encontrei aqui na mesa do quarto de hóspedes, no cômodo que dá para o pátio, para a macieira e para a pilha de lenha.

Setenta e seis dias era demais. A distância era grande demais. Eu estava na cozinha com o bloco de notas e soube que eram dias demais a nos separar. Procurei um lápis que costumava ficar na gaveta com o bloco de notas, mas não estava lá. Vi a longa sequência de riscos no bloco, e de repente foi impossível pegar outro lápis, fazer outro risco, guardar o bloco de notas de volta na gaveta, acordar Thomas e dizer que eu tinha voltado, que ninguém havia se ferido nem morrido, que eram apenas uns dias que haviam se colocado entre nós. Eu não podia continuar as nossas repetições. A névoa havia se dissipado, a paisagem estava clara à minha frente, e não acordávamos para o mesmo dia.

Juntei todos os resquícios da minha presença. Peguei os livros e as minhas roupas no quarto e desci cuidadosamente a escada. Sem fazer quase nenhum barulho, arrumei a cozinha e peguei uma garrafa d'água plástica que estava na bolsa desde o meu retorno e a enchi devagar com água da torneira. Depois juntei os livros, guardei-os na bolsa, tirei o bloco de notas com todos os meus riscos de cima da mesa e pus a bolsa no ombro. A casa estava em silêncio, e com o máximo de cuidado percorri o trajeto até o hall, peguei o casaco e as botas, abri a porta do quarto de hóspedes, entrei e fechei a porta.

Passei cinco dias na cama. Não sei o que aconteceu, mas penso nesses dias como um longo período de questionamentos implacáveis no meu cérebro, que já tinha empregado todas as forças de que dispunha para se aferrar à indefinição da manhã, àquela névoa benfazeja. Lembro do que se passou na minha consciência como uma espécie de racionalidade intuitiva e desconexa sem objeto nem pausas, uma corrida desenfreada da consciência por detalhes e padrões, uma revisão incansável de informações técnicas, uma listagem de fatos, uma série de circunstâncias e um resumo dos acontecimentos de todos os dias que eu havia passado no dezoito de novembro.

Era como se todas as ponderações que eu e Thomas pudéssemos ter feito, todas as reflexões que sumiram em meio à neblina a partir daquele momento houvessem colidido umas com as outras e provocado uma espécie de delírio racional. Os questionamentos que eu havia posto de lado ressurgiram por conta própria e passaram a buscar informações nos dias que eu havia passado na companhia de Thomas.

Eu já conhecia o dia fora da casa, com a chuva e todos os demais acontecimentos, eu buscava informações sobre a forma de andar das pessoas nas ruas da minha lembrança, eu recordava os movimentos dos pássaros, o som do vento nos galhos, a chuva que ganhava e perdia intensidade, o barulho do vaso de plantas empurrado pelo vento nas lajes junto ao canto da casa.

E a partir daquele momento novos detalhes foram acrescentados. Ao mesmo tempo que minha memória trabalhava sob enorme pressão, meu cérebro registrava os sons de uma série de dias perfeitamente idênticos: uma pessoa a caminho de casa, passos no chão e na escada, o abrir de uma gaveta, o farfalhar de uma sacola, uma mão ou um braço que se roçava na parede, o rumor no encanamento, portas que abrem e fecham. Era uma catalogação de movimentos, um acúmulo de detalhes, de padrões do dia, e tudo aquilo se reunia em um questionamento incessante, um moinho lógico, uma espécie de febre a frio, uma atividade cerebral livre, que se organizava e raciocinava sem a minha participação, praticamente como dados são processados sem nenhuma intervenção humana. Havia partes do cérebro que trabalhavam sem parar — como se aquilo fosse um trabalho de construção que chegava quase a doer, que partia o dia ao meio, buscava informações a partir das superfícies rompidas e a seguir as dispunha em um novo padrão, em um novo universo.

De tempos eu tempos eu me sentia tomada por uma exaustão quase total que de repente me dominava e provocava um sono profundo, do qual eu mais uma vez despertava, segundo tudo indicava sem ter sonhado, e que sem estágios intermediários dava vez à catalogação e ao processamento incessante de informações.

Não sei o que aconteceu. Eu recolhia o dia. Eu reconstruía o dia. Talvez eu me preparasse para outro momento. Talvez fosse uma reprogramação neural, uma calibragem dos instrumentos da consciência, uma construção de novas sinapses entre os neurônios, uma criação de receptores, uma produção de sinalizadores, talvez uma reformulação da maneira de sentir o tempo, a construção de uma nova ala no cérebro ou a demolição de construções desativadas — que sei eu? Sei que me sinto como se eu fosse uma construção, um formigueiro, uma colmeia, um laboratório repleto de atividade. Sei que nesse meio-tempo eu comia e bebia, não em grande quantidade, mas encontrei um pacote de biscoitos e duas latas de damascos em calda que ganhamos do vô de Thomas. Devo ter buscado tudo no armário da cozinha, à noite, ou ainda enquanto Thomas estava fora de casa, já não me lembro, mas lembro que eu às vezes ia até a cozinha encher a garrafa d'água. Também lembro que de vez em quando eu saía pela janela e fazia xixi atrás do depósito no jardim, e tenho a impressão de que às vezes dava a volta na casa quando Thomas não estava, mas essa lembrança não é muito clara e eu não tenho certeza. O que recordo daqueles dias é como o movimento constante de um moinho, como se os dias pelos quais eu havia passado desde o primeiro dezoito de novembro estivessem condensados, como se todas as informações se completassem e fossem guardadas na minha memória. Eram todos os dias que havíamos passado juntos. Eram os dias que Thomas havia perdido um após o outro durante a noite, dos quais eu havia tentado me desvencilhar nesse processo, mas que assim mesmo haviam se mantido intactos na minha consciência.

A névoa havia se dissipado. Aqueles dias estranhos haviam chegado ao fim. Compreendi que no longo prazo eu não poderia manter a luz cinzenta e indefinida da manhã, que eu tinha mantido o passado e o futuro ao longe, que eu tinha estado numa espécie de hibernação humana. Eram manhãs sem nenhuma característica, que desapareciam. Era um tempo no fundo do oceano, impossível de reencontrar. Era a névoa, que ao mesmo tempo me trazia a maior felicidade e que — segundo penso hoje — exige um estado da mais absoluta ingenuidade, exige que adentremos os recintos da estupidez, que nos deixemos capturar pelas delicadas garras da apatia.

Por cinco dias estive deitada na cama do quarto de hóspedes. Depois voltei. Era o dia #81. Pude ver que havia cinco riscos feitos com esferográfica no meu bloco de notas, e lembro vagamente de que eu estava em pé ao lado da mesa e com um gesto quase automático fiz mais uma marca. Tenho a impressão de que fiz isso todas as manhãs, quando Thomas saía de casa, mas não tenho certeza. Sentada junto à escrivaninha no quarto de hóspedes, decidi contar os riscos, e em vez de acrescentar mais um risco com a esferográfica escrevi "#81". Como se a precisão fosse necessária. Como se eu estivesse obrigada a contar os dias, um após o outro, como se precisassem de um número, porque eu não poderia me dar por satisfeita com uma série de riscos no bloco de notas.

Pela manhã eu estava acordada, já mergulhada no tipo de atividade cerebral que mais tarde viria a ser familiar — porém naquele momento palavras começaram a surgir na minha consciência. Palavras como *delírio racional* e *moinho lógico* acompanhavam o constante zumbido na minha cabeça.

Mais tarde comecei a prestar atenção no cômodo ao meu redor, e assim descobri que eu estava deitada na cama, ouvindo a chuva que tamborilava contra o vidro da janela. Depois registrei um leve cheiro de suor, dentes não escovados e roupas não lavadas. Lembro de ter passado um tempo olhando ao redor até descobrir que todos esses cheiros vinham de mim mesma. Lembro também que fiquei com frio e pensei, Tara Selter está com frio. Pensei *frio matinal*. Pouco depois ouvi Thomas na escada e pensei que pelo menos uma coisa eu sabia: não havia variação. Eu sabia quando ele abriria a torneira para encher a chaleira e colocar a água no fogão.

Eu abria a porta à tarde, depois que Thomas havia saído. Eu ouvia a música da sala, ouvia-o juntar os pacotes que estavam no chão do hall e o ouvia sair de casa. Eu era uma outra. Minha cabeça estava tranquila, eu estava com fome e precisava tomar um banho. Subi, tomei um banho, troquei de roupa, desci à cozinha e cortei uma fatia de pão, que a seguir comi. Na gaveta de verduras peguei uma pera que devia estar na geladeira desde os dias de neblina, cortei-a ao meio, depois em quatro e comi os pedaços um após o outro. Depois sentei na sala e esperei por Thomas. Eu conhecia o dia dele. Sabia que ele ia chegar de volta quando a chuva aumentasse, mas não sabia qual seria o momento exato.

Pouco depois que a chuva começou vi o nosso vizinho chegar ao longo da cerca, e em seguida chegou Thomas, molhado e sem guarda-chuva. Saí apressada ao corredor, acendi a luz e abri a porta.

Ele me encarou com uma expressão surpresa. Nos encontramos na porta. Ajudei-o com o casaco encharcado e disse que eu tinha voltado. Peguei uma camiseta no quarto, preparei uma xícara de chá e o levei até a sala, onde sentamos, tudo enquanto eu falava sobre Paris e sobre Philip Maurel e Marie, sobre os livros desaparecidos e o sestércio. Contei sobre os nossos estranhos dias em meio à névoa. Descrevi o desaparecimento da névoa e as manhãs límpidas de horizonte claro. Contei sobre os riscos no meu bloco de notas e a minha estadia no quarto de hóspedes. Contei para ele que eu era uma outra. Que tinha ocorrido uma transformação na minha cabeça. Eu o levei até o quarto de hóspedes. Meu cheiro ainda estava por lá. Havia pacotes de biscoito no chão e duas latas vazias de damascos em calda, que eu havia comido. Eu disse que precisava de ajuda. Mostrei para ele o bloco de notas, onde havia uma longa fileira de riscos feitos a lápis, depois cinco riscos feitos a caneta e logo abaixo o #81. Eu disse que precisava controlar o tempo. Eu precisava saber como o tempo funcionava. Falei sobre o moinho lógico, o canteiro de obras da racionalidade, o empreendedorismo do cérebro, a catalogação de sons, o processamento de dados feito pela consciência. Disse que eu precisava encontrar o buraco no tempo, que eu precisava saber como escapar, como voltar ao tempo que avançava. Eu disse que achava que ele podia me ajudar.

Vi que ele acreditou em mim. Eu estava transformada. Foi como se na minha cabeça um caminho fosse aberto, a terra fosse coberta de lajes, as ervas daninhas fossem capinadas e a neve fosse removida: eu não sabia de nada, mas precisava seguir em frente. Eu precisava de respostas. Eu precisava encontrar uma explicação e uma saída. Eu tinha começado a acreditar que, se conseguisse desvendar o mecanismo, poderia fazer com que o dia voltasse a seguir o curso habitual.

Por vinte e sete dias examinamos a mecânica do dia. Pela manhã eu acordava e me deparava com a clareza, com um dia que tinha um primeiro plano, um plano de fundo e um horizonte longínquo porém claro. Antes mesmo que eu abrisse os olhos na cama, ao lado de Thomas, eu sabia o que tinha acontecido. Eu levantava e descia a escada para refletir sobre as minhas observações do dia anterior. Eu acordava Thomas e explicava a situação. Eu resumia as nossas investigações e repetia as conclusões mais importantes. Ele se sentia obrigado a ajudar. Não havia névoa na qual eu pudesse me perder. Eu insistia em fazer perguntas. Como o estrago havia sido feito? Seria uma contingência explicável ou seria um simples acaso, um desastre aleatório? Onde estava a falha no tempo? O que eu tinha feito naquele dia para que o tempo se despedaçasse? Haveria um culpado? Será que alguém tinha cometido um erro? Nesse caso, qual seria o erro?

O dezessete de novembro tinha sido um dia sem nenhuma circunstância especial. Eu tinha viajado a Bordeaux. Eu tinha comprado livros e seguido viagem rumo a Paris. O dezoito de novembro tinha sido um dia sem nenhuma circunstância especial. Eu tinha acordado pela manhã, tomado café, lido o jornal, visto uma fatia de pão cair no chão, comprado livros e guardado dois exemplares na minha bolsa. Eu tinha visitado um amigo, ou antes talvez dois amigos, queimado a minha mão, falado ao telefone e dormido com os cubos de gelo.

Não conseguíamos encontrar o erro. Não conseguíamos encontrar nenhum motivo para que o tempo houvesse se estilhaçado. Não havia motivo. Eu não conseguia encontrar nenhum motivo, e Thomas não conseguia encontrar nenhum motivo. Conseguíamos encontrar padrões e conseguíamos encontrar irregularidades. Thomas era o padrão, e a perturbação era eu.

Já desde o primeiro dia havia ficado claro que o meu corpo seguiria comigo. A queimadura sofrida na loja de Philip ficou na minha mão e foi seguida por uma pequena ferida dolorosa, em alto-relevo, que soltou um líquido e depois formou uma casca, que mais tarde caiu e deixou uma cicatriz vermelha, que aos poucos, dia a dia, encolheu e tornou-se menor. Eu não acordava pela manhã com uma mão livre do dezoito de novembro. A ferida evoluiu como se espera de uma queimadura com o passar do tempo, melhorando dia após dia. O tempo deixara marcas também na minha pele, e em frente ao espelho do banheiro eu notei o meu cabelo. Estava mais longo. Eu não tinha percebido antes, mas naquele momento vi que o meu cabelo havia crescido, não muito, mas o suficiente para não deixar nenhum tipo de dúvida. Meu rosto no espelho parecia o mesmo, e se houvesse mudanças, eram pequenas a ponto de não aparecerem, porém meu cabelo havia crescido enquanto o tempo passava.

Era compreensível: os dias seguiam-se uns aos outros, a queimadura cicatrizava, o cabelo crescia, o tempo passava e meu corpo seguia nesse mesmo ritmo, como se nada tivesse acontecido. Minhas unhas estavam compridas, eu tinha uma vaga lembrança de estar de pé no banheiro com um cortador, mas essa cena remontava aos dias de neblina, e as minhas lembranças eram cinzentas e confusas, mas naquele instante tudo ficou claro, e eu cortei minhas unhas, ou melhor, cortei-as de novo, devagar, na pia do banheiro, porque haviam crescido, como se o tempo existisse, e assim cortei pequenos pedaços do tempo na pia, e abri a torneira para que descessem pelo ralo.

Mas Thomas continuava igual a si mesmo. Não havia nenhuma alteração. Nossos dias juntos tinham sido diferentes, mas nenhum deles havia deixado marcas na memória ou no corpo dele. Tudo desaparecia com o passar da noite, tudo o atravessava sem deixar marcas, e toda manhã ele acordava exatamente como no dia anterior. Vivíamos duas vidas, nossos corpos viviam em dois tempos diferentes. E não era apenas a memória. O corpo também a seguia.

As coisas ao nosso redor tornaram-se menos confiáveis. Os livros que eu tinha comprado no leilão de Bordeaux no dezessete de novembro tinham ficado em cima da mesa no meu quarto de hotel, exatamente como eu os havia deixado, mas o *Histoire des eaux potables* e o *Heavenly Bodies* de Thornton, que eu havia comprado no dia dezoito, continuavam a ser um mistério. Não havia como saber por que os livros a princípio tinham voltado para a loja onde eu os havia comprado, nem por que no dia seguinte haviam ficado comigo, seguros embaixo do meu travesseiro, nem por que, dias mais tarde, passaram a ficar no lugar exato onde eu os deixava. Eu os havia levado comigo, temerosa de que pudessem desaparecer, mas logo os deixei na mesa da sala, como se o lugar deles fosse lá, como se tivessem sido treinados para se manterem lá.

Eram justamente as irregularidades que nos causavam espanto. Muitas coisas pareciam ter voltado ao ponto de partida. O aquecedor e o bujão de gás azul tinham voltado para os fundos da loja de Philip Maurel. O próprio pó havia voltado ao lugar. O sestércio romano tinha desaparecido. Eu o havia procurado sem encontrá-lo, e tenho certeza de que agora deve estar no balcão da loja de Philip Maurel. Mas, se o sestércio tinha voltado ao lugar de onde havia saído, por que a minha bolsa, as minhas roupas e todos os objetos que estavam comigo em Paris também não voltavam ao quarto de hotel em que a princípio se encontravam naquele primeiro dezoito de novembro? Todas essas coisas haviam ficado comigo, em casa, e toda manhã estavam no lugar exato onde eu as havia deixado. Na primeira tarde a bolsa havia ficado no chão da sala, depois em um canto do quarto, e agora está ao meu lado, apoiada na parede, enquanto os livros estão em cima da mesa de cabeceira. Como se no meio das irregularidades eu pudesse levá-los comigo, trazê-los para o meu tempo e fazer com que nele permaneçam.

Não encontramos nenhum padrão claro, e isso me frustrou. Eu queria encontrar um padrão e quebrá-lo, mas encontramos cada vez mais inconsistências que nos impediam de compreender a mecânica do dia. Havia zonas cinzentas e perguntas sem resposta.

Estava claro que a cada dia eu acumulava e relembrava mais um dos dezoito de novembro que havíamos atravessado juntos, e que todos os outros haviam esquecido ao acordar na manhã seguinte. Já não me lembro muito bem dos dias individuais, uma névoa paira sobre eles, e todos se misturam na minha memória, embora não desapareçam.

Lembro que conseguimos deixar marcas. Certos detalhes mudaram. Começamos a gastar as coisas. Primeiro começamos a ter problemas para encontrar o café que tínhamos por hábito comprar. Estava em falta, então compramos outro, mas tínhamos sido nós a beber todo o café da prateleira do pequeno supermercado na Rue Clémentine Giroux. E também tínhamos sido nós a comer todos os chocolates de laranja na prateleira dos chocolates. Vimos que a prateleira estava vazia, e eu fiquei admirada, mas então passamos a comprar outro chocolate, puro, meio amargo, com menta ou caramelo.

Às vezes as coisas voltavam ao ponto de partida. Tínhamos comprado o último vidro de azeitonas, que guardamos no armário da cozinha, e no dia seguinte o vidro havia sumido da nossa casa, mas pôde ser encontrado na prateleira do supermercado. Acho que o compramos mais uma vez, o abrimos e comemos azeitonas no almoço, e acho que o vidro estava na geladeira pela metade no dia seguinte, mas não tenho certeza, porque não era o tipo de coisa que analisávamos em muito detalhe nos dias de névoa.

Tampouco havíamos conferido as nossas contas bancárias, que todos os dias voltavam ao saldo original. Todas as manhãs o valor era o mesmo, e ainda que muitas das nossas compras estivessem devidamente registradas à noite, tudo sumia na manhã seguinte. Já na primeira manhã também notamos que o telefone de Thomas não tinha nenhum resquício das nossas conversas, e lembrei que o meu celular tinha apresentado problemas já no trem a caminho de Clairon. Em pouco tempo perdi completamente o sinal, mas eu não precisava de um telefone, e além disso não era o tipo de coisa que ocupasse a nossa atenção. Tínhamos outras coisas em que pensar. Tínhamos manhãs nebulosas e dias chuvosos, tínhamos coisas mais importantes com as quais nos ocupar, e quando as irregularidades do dia surgiam em nossas conversas, logo tratávamos de mudar de assunto.

Mas eu já não queria mudar de assunto. Eu queria falar sobre isso. Eu queria respostas. Thomas hesitou. Insisti. Fizemos compras e deixamos tudo na cozinha. Abrimos as compras ou então as deixamos fechadas. Elaboramos uma planilha e começamos a observar. Em geral, as coisas que não tinham sido abertas desapareciam e ao longo da noite voltavam ao lugar onde as havíamos comprado. Levamos as compras para o quarto à noite, comprei um vidro de azeitonas e o coloquei no parapeito da janela, deixei uma escova de dente ainda fechada embaixo do meu travesseiro. Na manhã seguinte a escova de dente ainda estava lá, com a embalagem e tudo mais, enquanto o vidro de azeitonas tinha sumido, e um saquinho de chá, que Thomas havia guardado em um armário da cozinha, tinha desaparecido.

Estava claro que o dia voltava ao ponto de partida, mas havia variações. Não era mecânica pura, era outra coisa. Era o mesmo dia que se repetia, mas não era como se estivesse congelado. Eu me lembrava. Thomas esquecia. Eu me movimentava no tempo. Thomas se mantinha parado. Os objetos apresentavam diferentes padrões. Não era simples — era como se as coisas estivessem em dúvida, como se hesitassem, como se oscilassem entre as possibilidades oferecidas pelo tempo, no limite entre o tempo que avançava e o tempo que se repetia.

Procuramos o ponto exato em que o dia voltava ao começo, porém não havia um ponto exato. Não acontecia à meia-noite. Talvez acontecesse nas primeiras horas da manhã, mas não descobrimos o instante mágico em que tudo começava outra vez. Não era à meia-noite, não era às dez para as duas e não era às 4h35. Não havia precisão e não havia regras.

Toda manhã eu acordava Thomas e contava para ele o que tinha acontecido. Dizia que ele precisava me ajudar. Que eu estava vivendo em outro tempo. Talvez meu cérebro estivesse funcionando de um jeito diferente, eu disse. Eu precisava de ajuda. Eu não conseguia pensar sozinha a respeito de tudo aquilo. Precisávamos encontrar uma explicação. Ele tinha que pensar comigo.

Numa das primeiras noites depois que deixei o quarto de hóspedes, passamos a madrugada inteira acordados, e Thomas conseguiu me acompanhar até o dia seguinte. Nada aconteceu à meia-noite. Thomas conseguiu me acompanhar. Ele ainda se lembrava do nosso dia, lembrava que aquela era a noite depois do dezoito de novembro, não antes do dezoito de novembro.

À uma hora nada tinha acontecido. Às duas horas nada tinha acontecido. Às três horas começamos a nos sentir cansados, mas tínhamos prometido um ao outro que passaríamos a noite em claro. Fomos à cozinha preparar comida. Bebemos café e fizemos amor. Lemos um para o outro e tomamos um banho juntos. Se um de nós mudava de cômodo, o outro ia junto. Descemos a escada conversando e subimos de mãos dadas. Não perdemos o outro de vista por um instante sequer. Mantivemos nossa atenção focada o tempo inteiro. Movimentávamo-nos no mesmo ritmo e fazíamos tudo juntos. Éramos gêmeos siameses, uma parelha de cavalos, dois lenhadores serrando uma árvore na floresta. Queríamos chegar juntos ao dezoito de novembro seguinte, queríamos sair juntos daquele dezoito de novembro. Eu tinha mantido toda a minha atenção voltada para Thomas, e ele não teve nenhuma oportunidade de esquecer que eu estava com ele em casa.

Mesmo assim, pouco depois das cinco horas ele deve ter se distraído, ou eu devo ter me distraído, porque de repente ele disse que tinha cochilado. Estávamos deitados no chão da sala, em cima do tapete com o padrão preto e branco. Thomas havia passado um segundo de costas para mim enquanto eu continuava a tocar a pele nua dele, e de repente o corpo dele se convulsionou, um movimento brusco daqueles que por vezes atravessa o nosso corpo quando estamos adormecendo, mas acho que ele não dormiu, porque estava no meio de uma frase, que foi terminada assim que ele se virou. Ele olhou para mim, um pouco confuso, meio como um sonâmbulo que houvesse despertado. Perguntou que horas eram, que dia era e o que tínhamos bebido, porque ele não estava bem. Pouco depois ele perguntou quando eu tinha chegado, porque havia esquecido do meu retorno. Será que eu tinha chegado antes do esperado, durante a madrugada? E como tinha sido a viagem de volta?

Não havia nenhuma lembrança do que tinha acontecido. Nada de banho ou de café em plena madrugada, nada de conversas exaustas ou refeições noturnas podia ser encontrado na memória dele. Já não havia mais gêmeos, parelha de cavalos ou lenhadores. Havia surgido uma distância entre nós. Havia surgido um buraco no tempo, mas não havia como saber de que forma aquilo tinha acontecido. Um instante de distração e Thomas havia perdido o dezoito de novembro. A memória dele foi apagada, não após uma longa noite de sono, não tinha sido uma dissolução lenta, mas como se o dezoito de novembro dele tivesse caído em uma fresta da noite, um abismo surgido de um momento para o outro. Não conseguimos ver como acontecia, não conseguimos encontrar o defeito no tempo e não conseguimos encontrar nenhuma explicação.

Contei toda a história para ele mais uma vez. Eu disse que o tempo havia se estilhaçado, que estávamos investigando o problema, que tínhamos examinado os detalhes, que não podíamos mais nos esconder em um dia de névoa, que ele precisava me ajudar, que ninguém havia morrido e ninguém havia se machucado, apenas o tempo, que era cheio de mistérios, de irregularidades, de uma mecânica enganosa, uma similaridade velada com inúmeras coisas desconhecidas.

Adormecemos na sala e acordamos tarde. Thomas acordou primeiro, e ele se lembrava de tudo o que eu havia dito pela manhã, mas o nosso dia juntos, nossa noite e nossas investigações noturnas haviam desaparecido. Ele se lembrava apenas daquilo que eu tinha dito: que o tempo havia se despedaçado e que ele precisava me ajudar, e assim já tinha começado a pensar sobre o que fazer quando acordei.

Passamos a tarde juntos. Saímos para fazer compras, voltamos para casa, falamos sobre os detalhes do tempo e insisti em que mais uma vez tentássemos encontrar o defeito no tempo.

Passamos também essa noite em claro. Com a atenção redobrada e repousada após o longo sono matinal. Tomamos notas das nossas observações e examinamos minuciosamente todos os detalhes. Tarde da noite preparamos ovos fritos e nos sentamos frente a frente na mesa da cozinha. Conversamos sobre os detalhes, e assim pudemos garantir que nossas atenções estivessem focadas nas mesmas coisas. Eu segurava a frigideira com uma das mãos e mantinha o olhar fixo em Thomas enquanto ele despejava óleo na frigideira e pegava os ovos na geladeira. Thomas quebrou os ovos e os botou para fritar, primeiro um, depois o outro, tudo enquanto eu observava as mãos dele. Falamos sobre um pedacinho de casca que havia caído numa das claras e que eu pacientemente retirei, sobre as pequenas bolhas que o óleo fazia nas bordas dos ovos fritos, sobre a membrana brilhante em cima da gema, sobre a distribuição do calor, sobre a brancura e a transparência, sobre aquele instante em que a brancura chega à borda da gema, sobre a distribuição da pimenta e do sal. Falamos sobre a surpresa quando os ovos de nossa infância tinham duas gemas, quando você estava na companhia da mãe ou do avô e, em especial no caso de ovos grandes, você quebrava a casca do ovo e de repente havia duas gemas lá dentro. Falamos sobre criar galinhas, nosso pátio era grande o suficiente, podíamos construir um galinheiro atrás da horta. Pegamos os pratos e os talheres enquanto falávamos sobre o som dos pratos e dos talheres, sobre os sons da louça e do metal. Tirei a frigideira do fogo enquanto Thomas pegava um descanso de panela, coloquei a frigideira com os ovos fritos em cima da mesa e então sentamos frente a frente e comemos.

Reunimos detalhes. Mantivemos a nossa concentração. Mantivemos nossos olhares fixos um no outro. Na mesa. Na frigideira vazia entre nós. Passaram-se dez minutos ou mais durante os quais permanecemos sentados à mesa. Conversamos sobre os objetos ao nosso redor. Tentamos descobrir se as coisas desapareciam em sequência ou todas ao mesmo tempo. Thomas achava que já naquele momento haveria coisas nos outros cômodos da casa que teriam voltado aos lugares de origem, e falamos sobre conferir, porém continuamos sentados. Falamos sobre câmeras que pudessem registrar as transformações. Falamos sobre o amor. Será que o amor poderia fazer com que as coisas acontecessem? Será que o amor poderia ter nos colocado ou poderia nos tirar daquela situação?

A certa altura a frigideira desapareceu. Senti meu corpo enrijecer e corri os olhos por toda a cozinha, mas a frigideira não estava em lugar nenhum. Me levantei e no mesmo instante ouvi uma exclamação de Thomas. Ele queria saber o que tinha acontecido. Estava preocupado. Ele não estava cansado nem sonolento. Apenas preocupado. Já não se lembrava mais o que estava fazendo sentado na cozinha. Ele tinha se deitado para dormir no dia dezessete à noite, poucas horas depois da nossa conversa no telefone. Naquele momento ele estava na cozinha. Eu devia estar em Paris. Mas levantei e fui procurar uma frigideira.

Esqueci a frigideira e mais uma vez sentei em frente a Thomas. Expliquei o que tinha acontecido e vi a apreensão se espalhar pelo corpo dele enquanto eu o levava comigo pelo longo trajeto que começava no meu primeiro dezoito de novembro e acabava nos ovos fritos que tínhamos acabado de comer. Mas ele não sentia nada no corpo que sugerisse uma refeição com ovos fritos. Na verdade, estava até um pouco faminto. Insisti. Mostrei-lhe a caixinha na geladeira, onde não havia seis, mas quatro ovos. Mostrei-lhe uma nota fiscal com a data dezoito de novembro e uma caixinha de meia dúzia de ovos na lista de itens, chamando atenção para a hora. Mas não havia cascas de ovo no cesto de lixo. As cascas de ovo haviam desaparecido, porém o metal do fogão onde havíamos fritado os ovos ainda estava um pouco quente, e a nota fiscal das nossas compras estava na minha bolsa e não tinha ido a lugar nenhum. Havia irregularidades no tempo, e era impossível descobrir um padrão que fizesse sentido.

Pela primeira vez achei tudo aquilo assustador. Não apenas vertiginoso e estranho, mas de fato um pouco aterrorizante. Era assustador, desprovido de sentido e de magia, e a névoa havia se dissipado por completo. Não havia a apreensão do momento em que a fatia de pão havia caído no hotel, não havia uma zona cinzenta entre nós. Não éramos andarilhos no meio de uma paisagem nebulosa, não éramos mergulhadores ou náufragos. Não éramos gêmeos nem uma parelha de cavalos, não éramos lenhadores nem um ovo com duas gemas. Se estávamos na Mesopotâmia, então os rios haviam ganhado um nome e voltado a correr no leito. Havia tempo limpo, sol abrasador, os rios haviam secado, pressentia-se a formação de tropas, silhuetas nítidas a patrulhar as margens, o som de metal. Vivíamos em dois tempos, e não havia como esconder as diferenças. Havia territórios que invadiam uns aos outros, havia conflitos em fronteiras e transações incontroláveis entre as diferentes zonas. Éramos dois amantes numa paisagem em conflito, Thomas não tinha lembrança nenhuma do nosso dia juntos, não podíamos criar dias nebulosos, enchentes e manhãs enevoadas, não podíamos encontrar o caminho, não tínhamos nada de duplo ou de nebuloso ou de paralelo. Eu não conseguia encontrar clareza nenhuma e padrão nenhum, e não conseguia encontrar uma saída.

Mais uma vez tentamos em vão fazer com que o defeito no tempo fizesse sentido, mais uma vez deitamos para dormir, e mais uma vez Thomas lembrou da nossa conversa no início da manhã e nada mais. Ele recordava a confusão na cozinha, recordava o meu relato, as minhas longas explicações e a minha descrição pormenorizada das nossas investigações, mas as lembranças próprias da madrugada que havíamos passado juntos mais uma vez sumiram, foram apagadas, desapareceram numa fresta da noite.

Os dias seguintes foram muito parecidos. Eu acordava com um sobressalto e me lembrava do que tinha acontecido. Sentava na cama e olhava para Thomas, que dormia tranquilamente ao meu lado. Levantava e descia à sala. Fazia planos para o dia. Reunia as minhas observações do dia anterior e as comparava com os outros dias. Fazia diagramas e esquemas. Desenhava figuras e fazia listas. Pendurava esquemas nas paredes da sala e marcava os problemas do dia com marcador vermelho ou verde.

Depois eu acordava Thomas. Contava o que tinha acontecido. Notava a apreensão dele. Ele hesitava. Eu insistia, e então passávamos a investigar o dia. Durante a manhã ele apresentava as observações e os resultados mais importantes das nossas investigações prévias. Eu mostrava esquemas dos padrões do tempo e listas de acontecimentos diários. Durante o dia conversávamos sobre as mais variadas explicações, desenhávamos gráficos e elaborávamos sistemas, preparávamos colunas e desenhávamos uma visão geral, porém na manhã seguinte, quando mais uma vez acordava para seu primeiro dezoito de novembro, Thomas havia se esquecido de tudo, e mais uma vez eu precisava contar o que tinha acontecido, e até onde havíamos chegado em nossas investigações.

A sala se tornou um quartel-general. As paredes eram o pano de fundo de esquemas e gráficos. O tapete preto e branco passou a ser o nosso local de encontro para briefings e debriefings. As poltronas junto da janela eram a nossa sala de descanso, onde nos sentávamos durante as breves pausas no trabalho. Durante o dia, tomávamos notas de fatos e observações, e à noite reuníamos as considerações do dia. Esboçávamos detalhes e variações. Encontrávamos regras e desvios. Sublinhávamos e riscávamos. Mas nossas investigações não traziam nenhum resultado. Ou melhor: traziam muitos resultados, montes de informações, detalhes que não explicavam nada, e também explicações que de nada serviam.

Era fato que vivíamos em dois tempos diferentes. Também era fato que só eu tinha clareza sobre o momento em que o dia começava. Somente ao fim do meu relato matinal, ao fim de uma breve orientação durante o café da manhã e após uma revisão detalhada das listas, diagramas e esquemas pendurados na sala, Thomas conseguia entender do que eu estava pedindo que ele participasse. Também era fato que os limites eram fluidos. Que não havia pontos fixos em que as transições ocorriam. Podíamos adentrar a madrugada juntos por um tempo, porém mais cedo ou mais tarde o tempo descarrilava. Era fato que os objetos do mundo por vezes me acompanhavam e por vezes retornavam ao ponto de partida. Que o comportamento das coisas era imprevisível. Que ajudava mantê-las perto de mim, porém assim mesmo o mecanismo do tempo mantinha-se insondável.

Fizemos comentários detalhados. Descobrimos teorias e estruturas, que então tentamos aplicar aos acontecimentos do dezoito de novembro. Discutimos concepções acerca da realidade e disfunções da consciência, cogitamos a possibilidade de que eu estivesse gerando uma série de vivências fictícias, de que os outros estivessem sujeitos a uma forma de esquecimento ou ainda de que houvéssemos adentrado uma onda de incongruência mental. Elaboramos teses e contra-argumentos. Lemos a respeito de concepções paratáticas do tempo e cronometria variável, encontramos descrições de fraturas temporais e recorrências cronotóxicas. Estudamos teorias sobre mundos paralelos, universos múltiplos e estruturas relativas do tempo.

Descobrimos relatos sobre a morfologia da lembrança e sobre estranhas cronopatias amnésicas. Discutimos teorias da repetição e defeitos mnemônicos. Observamos os processos da consciência, os fatos do dia, os objetos do mundo, a sequência do tempo. Reunimos teorias e explicações.

No fundo não eram explicações o que nos faltava, pelo contrário, tínhamos explicações de sobra, mas quanto a explicações que de fato resistissem a um exame crítico e fossem capazes de abarcar todas as nossas observações ao mesmo tempo, não conseguimos encontrar nenhuma. Todas as nossas investigações terminavam numa porta fechada, e ao fim de cada nova variação retornávamos ao ponto de partida sem ter resolvido nada. Havia pontos fracos e incoerências, havia fatos que não se ajustavam às nossas teorias e também contradições e paradoxos. Todos os sistemas desmoronavam assim que tentávamos estruturar as informações que tínhamos num todo coerente. Não havia consistência, não conseguíamos fazer com que os fatos do dia se encaixassem nas teorias, não conseguíamos elaborar sistemas coesos nem encontrar a paz em um padrão recorrente, e todas as nossas explicações detalhadas foram aos poucos descartadas, uma após a outra. Toda vez que chegávamos a um beco sem saída retornávamos aos fatos: Thomas estava sujeito às leis do esquecimento, ao passo que eu guardava tudo por um longo tempo na memória. Thomas estava preso na eternidade, enquanto eu rumava, devagar e sempre, em direção ao túmulo.

Minha esperança em que de uma hora para outra tudo pudesse voltar ao normal diminuía a cada dia que passava, e mesmo que pela manhã Thomas por vezes dissesse que o estrago devia ser temporário, via de regra ele havia perdido a esperança no retorno ao normal quando, após longas horas de ponderações, chegávamos ao final do dia. Não havia muitos resquícios de nossos dias de neblina, não havia passagens suaves pelo dezoito de novembro, as observações jocosas sobre os caprichos do tempo haviam quase desaparecido, bem como as madrugadas que passávamos juntos, escutando os sons da noite enquanto eu os comentava, até que de repente Thomas se deitasse e começasse a rir no escuro ao notar que eu era capaz de prever uma sequência exata de sons noturnos.

A graça havia chegado ao fim, e restavam-nos apenas as investigações sem rumo que preenchiam nossos dias. Essas eram nossas tentativas inúteis de adentrar os mistérios do tempo, havia inúmeras perguntas que em várias ocasiões nos vimos obrigados a desistir de responder, e via de regra — muitas vezes por volta da hora em que preparávamos o jantar na cozinha — abandonávamos todas as explicações e passávamos a especular sobre o que aconteceria conosco. Será que continuaríamos juntos? Será que todas as manhãs eu poderia olhar para Thomas e falar para ele sobre um número cada vez maior de dias, sobre novas explicações, castelos de carta desabados, becos sem saída e passagens estreitas?

Mesmo assim lembro que no meio de tudo o que acontecia de repente surgiam lampejos de esperança, pequenas mudanças, a ideia de que um dia acordaríamos juntos no dezenove de novembro, ou que de repente surgiríamos juntos em um dia de janeiro ou fevereiro. Mais cedo ou mais tarde o tempo acabaria voltando ao eterno movimento à frente, Thomas havia dito na primeira tarde, e do nada um de nós às vezes repetia essa mesma frase, não com ironia ou amargura, não com tristeza ou decepção na voz, mas com esperança, com uma esperança legítima e sincera. Às vezes adentrávamos pequenos bolsões de névoa, instantes que se pareciam com os nossos primeiros dias, e às vezes tínhamos a sensação de compreender o tempo, de encontrar um caminho rumo ao coração do problema e a uma possível solução. Mas no fundo eu sabia que estávamos presos num beco sem saída. Não havia caminho de volta aos dias de névoa, e não havia nenhuma explicação plausível, a despeito de todas as observações e sistemas que fizéssemos juntos.

Passei vinte e sete dias com Thomas. Depois entendi que eu precisaria investigar o assunto por conta própria. Pela primeira vez em todo o tempo que passamos juntos me vi obrigada a traçar planos sozinha. Eu ainda não sabia o que fazer, mas sabia que não seria possível a cada manhã repetir uma sequência cada vez mais longa de variações sobre o mesmo dia. Não podíamos estar juntos no dezoito de novembro. Era um dia que eu precisaria suportar sozinha.

Na mesma noite, enquanto Thomas escovava os dentes, eu fiz a minha mala. Enquanto ele se despia, desmontei o quartel-general, juntei os nossos desenhos e esquemas numa pilha, guardei-a numa caixa de papelão e, enquanto ele estava no banheiro, trouxe minha bolsa e a caixa às pressas aqui para o quarto de hóspedes. Limpei tudo, para que a cozinha se parecesse com a cozinha que Thomas encontraria no primeiro dezoito de novembro. Eu havia colhido duas maçãs no jardim, e naquele momento coloquei-as na fruteira que ficava em cima da mesa. Virei metade do chá em uma lata vazia, que a seguir escondi atrás dos pacotes de farinha, e tirei da geladeira as compras do dezoito de novembro.

Na manhã seguinte eu mudei para cá. Foi o dia #108. Acordei antes que o dia raiasse e passei um longo tempo deitada, ouvindo Thomas dormir na escuridão da manhã, antes de me levantar com todo o cuidado e estender o edredom de maneira que o meu lado da cama não parecesse usado. Juntei as minhas roupas e desci a escada. Abri cautelosamente a porta do quarto de hóspedes, pus as minhas roupas numa cadeira, busquei os livros que estavam empilhados na sala e apaguei os últimos resquícios da minha presença na casa. Tirei da sala um percevejo e um pincel atômico vermelho que haviam caído no chão. Na cozinha, peguei uma xícara, um prato e uns talheres e deixei tudo aqui na mesa do quarto de hóspedes. Busquei o meu casaco e as minhas botas e fechei a porta. Logo não havia mais sinais da minha presença, a não ser pelo calor do meu corpo sob o edredom no quarto, uma pequena diferença de temperatura que aos poucos sumiria, porque quando Thomas acordasse o calor já haveria sumido, e minha visita ao dezoito de novembro dele estaria esquecida.

Quando acordei horas depois no quarto de visitas, ouvi os passos de Thomas na escada. Ele havia despertado para o esquecimento e para um dezoito de novembro normal. Eu acordei no quarto de hóspedes para o meu dezoito de novembro #108.

#124

Já era tarde. Apaguei a luz antes que Thomas subisse, mas não dormi. Fiquei deitada na cama, esperando, e quando tive certeza de que ele havia caído no sono, continuei a escrever. Sentei à mesa e acendi a lâmpada, e mais uma vez tomei nota do meu dezoito de novembro, enquanto o dezenove não chega nunca. Posso ouvir o dia. Sempre desperto para os mesmos sons e para o mesmo dia. São padrões que conheço. São os padrões do dezoito de novembro, e estou me acostumando à ideia.

O ar continua frio ao meu redor, mas Thomas acaba de acender a lareira na sala, e assim sinto um leve cheiro de fumaça que entra por baixo da porta. Pode ser o fluxo de ar na chaminé, a direção do vento ou uma rajada súbita que tenha levado a fumaça a descer, mas logo tudo volta ao normal. Comi um pouco do pão seco que eu devia ter dado aos passarinhos, e nessa altura já não há mais nada, porém durante a tarde, quando Thomas ligar a música na sala, eu também vou sair de casa para comprar pão para os passarinhos no supermercado da Rue

Clémentine Giroux, e vou retornar às pressas, e Thomas vai estar fora de casa, e os passarinhos vão receber comida, os melros e os pintarroxos, os chapins e os rabilongos e todos os outros. Vou comprar sementes e pão, vou comprar bolos de semente e o que mais houver para passarinhos famintos, porque eu comi o pão deles, e eles precisam comer, e depois que comerem com certeza vou tomar um banho, talvez preparar uma omelete, preciso me lembrar de comprar ovos, talvez eu também devesse comprar um fogão de camping para colocar aqui no canto. Talvez haja um elemento curativo nas frases. Hoje é o dia #124. Amanhã vou escrever #125 e depois #126, e não há nada mais que eu possa fazer.

Noto o meu humor. Está bem instável hoje. Noto que estou um pouco mal-humorada, sem dúvida por causa das poucas horas dormidas. Olho ao redor no quarto de hóspedes e sorrio ao perceber a bagunça. Minhas botas estão no meio do cômodo, há também papéis e roupas, pratos e xícaras sujos em cima da mesa, um lápis caído embaixo da minha cadeira e farelos dos lápis apontados durante a noite, e noto que mesmo com todo o meu cansaço estou também satisfeita, como quando acordamos em meio à nossa própria bagunça sabendo que não há nada de errado com isso. Há motivo para a bagunça. Fizemos coisas importantes.

O motivo da bagunça é que passei a noite inteira recordando. Porque eu moro no dia dezoito de novembro. A manhã já está no fim, e Thomas deve ter saído enquanto eu dormia. Não o ouvi chegar nem sair, e estou sentada junto à mesa com uma pilha de papéis nos quais escrevi que hoje é dia dezoito de novembro e que o meu nome é Tara Selter. Sinto como se não estivesse mais sozinha. Como se alguém me ouvisse. Meus dias não desapareceram no esquecimento. Eles existem. Meus dias existem na minha pilha de papéis, não foram apagados durante a noite, o papel se lembra, e vejo que consta dia número isso dia número aquilo e é sempre o dia dezoito de novembro e nunca o dezenove.

Escrevi sobre tudo o que lembro, sobre os dias que se repetem, sobre aquilo que sei a respeito do dezoito de novembro. Mas agora já não sei mais. Vim para o quarto de hóspedes no dia #108, e desde então nada aconteceu. Acordei pela manhã, observei a chuva e os passarinhos no pátio, ouvi os sons da casa e à tarde saí ao ouvir música na sala, e um dia comecei a escrever que era dezoito de novembro e que havia uma pessoa na casa. Tudo continua assim. Cheguei ao fim, não há nada mais a contar. Resta apenas o maço de papel e a bagunça no cômodo ao final dos vários dias que passei às voltas com a tentativa de relembrar minha longa sequência de dias.

E agora não posso dizer mais nada. A respeito de nada. Ou melhor: não posso dizer mais nada a respeito de Tara Selter. Não sei o que está acontecendo. Não sei o que o futuro guarda. Mas acredito que as coisas vão ficar como estão. Como têm estado. Acredito que o dia de hoje vai ser como todos os outros dias, e que quando chegar ao fim vai haver mais um dezoito de novembro, e assim dia após dia, e se eu um dia escrever #365 um ano vai ter se passado, vai ser dezoito de novembro mais uma vez, e então o que acontece?

Não sei. Eu conheço o dia. Sei dizer como vai estar o tempo no instante seguinte. Sei dizer como o dia vai se passar na casa, sei falar sobre os passarinhos e as nuvens de chuva, sei dizer que verdureiros vão estar no mercado da Place Mignolet durante a tarde, sei dizer quem vai estar na fila do caixa no supermercado da Rue Clémentine Giroux pouco antes das três e meia e quem vai subir a escada do Café La Petite Échelle às dez para as cinco, mas em relação ao meu próprio futuro eu não sei coisa nenhuma. Posso dizer apenas que estou acordada neste quarto de hóspedes que dá para o pátio e para uma pilha de lenha, e que acordei com um humor muito diferente.

Quer dizer, acordei com um humor. Eu tenho um humor. Isso é novidade.

#129

No fim aconteceu uma coisa. Tara Selter, sozinha no dezoito de novembro, descobriu que tem um humor. O humor vem quase todos os dias, não durante o dia inteiro, mas de repente ele está lá e se faz notar. Hoje não é exceção, me sinto um pouco irritada, talvez de tédio, mas estou feliz, porque as coisas estão abertas ao meu redor, e há espaço para ter um humor. É quase como se alguém morasse por aqui. Um humor instável é quase uma dança, há o fru-fru dos vestidos, eu me viro e rodopio, mesmo que não haja muito espaço. Por aqui há espaço suficiente para que o humor se altere. E agora ele está prestes a se alterar outra vez. A alegria se espalha pelo cômodo.

#136

Não digo que eu tenha perdido a esperança. É só que a esperança já não é tão frequente. Ela foi embora daqui. Tudo aconteceu sem nenhum drama, não houve portas batidas, é mais como um bicho que encontrou outro lugar para caçar, um gato que se mudou para a casa do vizinho, uma planta que espalhou as sementes em um lugar onde pudessem crescer melhor.

Mas arranjei um humor. É diferente de esperança, mas também é diferente de nada. Arranjei uma chaleira elétrica e um fogão de camping, que comprei na ferragem do centro. E também comprei uma frigideira. Troquei minha esperança por um humor e uma frigideira.

Com frequência sinto o meu humor vir à tona já ao acordar, mas é raro que eu sinta esperança. Não acordo pela manhã pensando que talvez seja hoje. Que talvez eu tenha acordado no dia dezenove, ou numa outra manhã, de dezembro ou janeiro, por exemplo. No frio de fevereiro ou num dia em março. Não vou até a janela com a esperança de que o tempo haja mudado, e já faz tempo desde a última vez que deitei pensando que o dia talvez fosse outro quando eu acordasse.

Não digo que eu tenha perdido a esperança: digo apenas que é raro que me faça uma visita. Não posso ficar esperando nesse exílio que a esperança surja de repente, e não posso chamá-la até mim, mas às vezes ela volta mesmo assim. De maneira inesperada, sem nenhum aviso prévio. Como hoje à noite.

Aconteceu porque fui até o pátio. Porque era tarde da noite, porque senti vontade de fazer xixi, porque abri a porta para o corredor e saí discretamente ao pátio. Estava frio, eu atravessei o gramado de pés descalços, deixei a macieira para trás e fui até a cerca viva. Boa parte do céu estava coberta por nuvens, fiz xixi no escuro, levantei e quis voltar para casa, mas no mesmo instante as nuvens se dissiparam e revelaram a lua.

Não havia nada de especial nisso. Eu e Thomas havíamos passado várias noites no pátio, e de vez em quando víamos a lua surgir, sempre a mesma lua, minguante, um pouco torta de um lado e a caminho da fase nova, mas quando a camada de nuvens se afastou naquele momento e a lua se revelou no céu, de repente ela pareceu diferente, um pouco mais inclinada, segundo me pareceu, como se houvesse diminuído um pouco. E então tive um vislumbre da esperança: uma lua minguante, a caminho da direção correta, um tempo que havia começado a correr.

Fiquei de pé no frio, porque mais uma nuvem havia encoberto a lua, mas quando a nuvem passou a lua voltou a parecer-se com a lua de sempre, e a minha esperança sumiu. Não tinha havido mudança nenhuma, apenas um equívoco, a lua era a lua do dezoito de novembro, e eu voltei à casa, entrei discretamente, sequei meus pés úmidos no tapete, entrei no quarto de hóspedes e fechei a porta tentando fazer o menor barulho possível.

Mas pensei que alguma coisa tinha mudado. A esperança no retorno ao tempo que avançava havia se transformado numa surpresa noturna. Um ataque-surpresa, um vislumbre raro, e um instante depois tudo havia sumido.

Pude sentir a chegada do meu humor. Primeiro uma tristeza um pouco obscura que pairava sobre os meus pensamentos, como sombras, mas sombras que pareciam esvoaçar, capazes de se transformar numa alegria discreta. De volta à cama notei a pequena tristeza que no momento seguinte me levou a rir uma risada silenciosa e hesitante, sem que eu soubesse dizer se o motivo do riso era o meu próprio ridículo ou o ridículo do mundo. Como quando nos fazem de bobo ou nos pregam uma peça. De repente vemos a nós mesmos, porém não deixamos de participar da diversão.

Quando evoco o sentimento dessa noite, um sentimento de esperança e de retorno súbito à mesma lua de antes, sinto que o mundo pregou uma peça em mim. Não apenas como se eu tivesse me equivocado, mas como se tivesse sido vítima de uma brincadeira de primeiro de abril. Como se a lua houvesse trocado de expressão apenas tempo suficiente para que eu acreditasse na existência de uma mudança, porém logo voltasse atrás e simplesmente pairasse no céu, sem nenhuma expressão no rosto, como se jogasse pôquer. De que maneira cheguei a acreditar que a lua havia se transformado, não sei dizer. Mas a ideia de que a lua esteja me pregando uma peça faz com que eu sinta uma certa alegria. Faz com que eu ria em silêncio, ao ver como sou fácil de enganar: uma tonta que cai numa brincadeira de primeiro de abril feita pelo céu. Obrigada, lua.

#146

Encontrei um ritmo. Acordo pela manhã. Ouço Thomas na casa. Evito toda a movimentação quando tudo está em silêncio. Movimento-me quando os barulhos de Thomas me levam a desaparecer. Fervo água na chaleira enquanto ele caminha no andar de cima, abre a torneira no banheiro, dá a descarga no vaso. A água que enche o reservatório esconde os meus barulhos. A impressora que imprime etiquetas e correspondências evita que os barulhos da chaleira sejam ouvidos. Ando pela casa quando Thomas sai. Temos um ritmo, estamos adaptados. É um ritmo que não deve ser interrompido. Saio quando a música me esconde, quando as portas que abro desaparecem em meio ao som. Abro sacolas que farfalham quando sacolas farfalhantes não podem ser ouvidas.

Não encontrei nenhum caminho que me tire do dezoito de novembro, mas encontrei trilhas e caminhos que me permitem atravessar os dias, túneis e passagens estreitas por onde consigo passar. Não posso escapar, mas posso avançar rumo ao fundo.

Avanço rumo ao fundo de um mundo previsível, um padrão que ganha cada vez mais detalhes. Entro e saio da casa. Atravesso os dias. Permaneço em movimento. Movimento-me com os sons, como um líquido que se desloca rumo a um espaço vazio.

Ouço os passos de Thomas na casa. Quase não existe distância entre nós. Conto os dias, porém os dias já não fazem com que a distância cresça. Vivo no dia de Thomas. Movimentamo-nos no mesmo ritmo, em harmonia, tocamos um dueto, ou então somos uma orquestra inteira. Temos a chuva e a luz que se altera. Temos o som dos carros que passam, dos passarinhos no pátio, temos a água que rumoreja no encanamento da casa.

É mais fácil agora. Se acompanho o dia de Thomas, se mantenho o ritmo, se não quebro o padrão. Se acordo com o som de passos na escada. Se fervo água enquanto ele imprime etiquetas para os pacotes e as correspondências. Para os nossos pacotes e as nossas correspondências. Tenho os sons e os movimentos dele. Só o tempo está quebrado. Estamos juntos. Apenas duas ou três paredes nos separam. Ninguém morreu, ninguém se machucou, e não falamos a respeito de nada. As frases são inúteis. Há apenas as sílabas e o ritmo. Ouço o ritmo da casa, passos na escada. Ouço as gotas tônicas e as gotas átonas que caem na vidraça. A música é útil. Para o ritmo e para as sílabas úmidas de chuva. Posso ouvir: somos uma orquestra discreta, e nesse momento estamos tocando. Ouça.

#151

Quando Thomas está na cozinha, ouço as ligações entre nós. Ele envia mensagens e toca músicas pela casa. Envia sons que entendo. Sons como a água que corre, metal contra metal, a porta da geladeira que bate contra a mesa, porém são concertos que ele toca, e eu toco junto, em silêncio.

Quando ele senta na sala a distância alcança o ponto máximo, e às vezes sinto uma necessidade repentina de vencer essa distância, tenho vontade de levantar, abrir a porta e destruir tudo, quebrar o nosso ritmo. Mas sei que, se eu for até lá, a distância vai crescer ainda mais e, portanto, não vou. Não vou lá jogar 151 dias em um maço de papel entre nós. Não vou lá tentar retirá-lo daquele padrão. Vivo com a distância. Fico sentada na cama, lendo. Sei que logo ele vai chegar mais perto. Por que eu jogaria 151 dias em um maço de papel no chão, quando posso ter essa distância tão pequena?

Quando Thomas está no hall, sinto-o perto, mas logo passa. Ele leva a xícara de um lugar para o outro. Tira o casaco do cabide e junta os pacotes do chão. Minha respiração está tranquila. Estou a salvo. Ele não entra aqui. Não entra e não encontra os 151 dias esquecidos. Se aproxima, mas não abre a porta. Estou a salvo. A salvo dos dias que se acumulam entre nós. A salvo de Thomas e de todo o esquecimento dele.

Posso ouvir passos na escada, e no instante seguinte o ouço caminhando no andar de cima. Não é como se Thomas estivesse longe, porque cada passo se espalha pelo teto como um sussurro que atravessa a estrutura da casa. Só quando está na sala Thomas se encontra longe demais, e só quando está no hall ele se encontra perto demais.

À noite a distância é menor. Quando Thomas dorme, apenas o teto nos separa, uma linha ínfima entre dois tipos de tempo. Estou sentada num cômodo que mantém o mundo aberto e a distância entre nós a menor possível. Para ele o meu teto é o chão. Para mim o chão dele é o teto. Mas são apenas palavras, não uma distância: há uma linha que nos mantém juntos.

É apenas uma casa com diferentes cômodos. Há alguém na casa. O nome dele é Thomas Selter, e ele vai de um cômodo ao outro. Põe música para tocar segundo os padrões estabelecidos. Para quem ele toca essa música? Para mim.

#157

É simples fazer com que os dias passem. Eles voam. Tenho saudade, mas é uma saudade leve. Sinto anseio, mas é um anseio leve. É um dia repleto de detalhes. O dia se torna cada vez mais previsível. Me sinto em casa. Me sinto em casa em meio a tantos detalhes. Sei como o dia se desenrola. Conheço todos os sons e todos os intervalos entre os sons. Conheço os movimentos da luz e a força da chuva. Vejo a luz que abre o cômodo assim que o sol entra. Ouço o canto de um melro que alça voo e o rumor de um carro duas ruas adiante, e depois os mesmos sons, mas em outra ordem: luz, carro, pássaro. Depois mais uma vez: o vento na árvore, o vaso soprado, uma breve pausa, o carro.

E ainda: o vento, o vaso, uma longa pausa, o carro. E antes que eu perceba o dia passou.

#164

É fácil deixar que os dias passem se estou tranquila. Quando não uso os dias para nada. Os dias se encarregam de tudo. Não preciso fazer nada além de escrever um número no bloco de notas pela manhã. Não preciso dizer nada sobre os dias, os papéis seguem em branco, e o tempo passa mais depressa quando não digo nada. Atravesso os dias, ou os dias me atravessam. Respiro. Penso que as frases já não têm mais utilidade. Ouço o dia que segue o próprio padrão, e antes que eu perceba o dia passou.

#176

É como se a velocidade tivesse aumentado, não muito, não é uma aceleração repentina nem uma corrida vertiginosa, é relativamente tranquilo, e não faço mais do que acompanhar os dias, e antes que eu perceba o dia passou.

#179

Os dias passam, e eu também passo. Acordo e sinto o meu padrão, e antes que eu perceba o dia passou.

#180

Conto os dias. Eles desaparecem um após o outro, assim que chegam. Escrevo o número do dia no meu bloco de notas, e antes que eu perceba ele passou. Não sei por que conto os dias, mas não tenho coragem de parar. Acho que preciso me agarrar aos dias. Talvez a sequência me ajude. Como uma corda que pode ser usada para sair de um poço onde caímos. Mas se não há ninguém para segurar a outra ponta da corda, não existe ajuda possível. Não conseguimos sair.

#181

Tudo está calmo e escuro. Talvez seja a vertigem por aqui que faz o tempo passar. A falta de oxigenação. O ar está úmido, e seria possível imaginar que, com muitos detalhes no dia, o tempo passa depressa. Seria possível imaginar que a escuridão é desprovida de detalhes, mas apenas quando ignoramos os sons. Ou a luz que surge lá de cima. Um pedacinho de céu. Talvez eu espere apenas que a corda seja longa o suficiente, que eu tenha reunido dias suficientes, que tudo se torne mais pesado, que eu possa jogar tudo para cima, que tudo chegue até lá em cima, que alcance até aqui embaixo, que alguém encontre a outra ponta e comece a me puxar. Quantos dias ainda faltam?

#185

Apesar de tudo, de vez em quando penso que talvez seja hoje. Talvez eu tenha acordado no dia dezenove. Mas talvez não seja o dia dezenove. Talvez haja semanas e meses sob o meu dezoito de novembro. Talvez, se eu mantiver a calma e deixar que os dias passem. Talvez os dias estejam passando como bolhas, e de repente vai ser maio ou junho, e vou acordar na luz da manhã e ser recebida pelo canto dos pássaros. Ou então vou acordar em agosto, em uma manhã no fim do verão, quando todos os sons vão estar diferentes. Vou acordar com os barulhos de Thomas na escada. Uma escada que range, como as velhas escadas rangem durante o verão.

De repente me lembro dos sons do verão. Me lembro do ranger da escada. Não dá para ouvi-lo quando o ar está úmido, durante todo o inverno esse barulho some, mas a certa altura do verão os rangidos começam. A madeira seca, e é preciso tomar cuidado ao andar, e especialmente ao subir e descer a escada quando alguém está dormindo. De madrugada e no início da manhã, quando tudo mais está em silêncio, e quando os rangidos secos preenchem o espaço se quem estiver andando não tomar cuidado ao subir ou descer cada um dos degraus. É um barulho que anuncia o verão, e que a escada já passou muito tempo lá, transportando várias gerações de pés para cima e para baixo. Mas, quando o verão chega ao fim, no meio de setembro ou às vezes em outubro, o barulho some da escada, a umidade entra na madeira e o outono chega com rajadas de vento e o silêncio da escada.

Estou pensando nos barulhos do ano. Nos barulhos que somem, nos barulhos que adormecem. Eu gostaria que o ano despertasse. Que voltasse, que chegasse até o meu dezoito de novembro. Mas não posso fazer nada além de manter a calma e deixar que os dias passem. De deixar o tempo em paz até que volte ao movimento habitual. De nada adianta se alarmar. Não é assim que se desperta um ano. Não posso fazer nada além de deixar que os dias despertem aos poucos num lugar qualquer sob o dezoito de novembro. Não há necessidade de frases e não há necessidade de sequências numéricas. A única necessidade é a tranquilidade. Psst.

#186

Mas, se não há necessidade de frases, por que sento à mesa e escrevo sobre o ranger do verão? E se não adianta contar os dias, por que escrevo um novo número a cada manhã que chega, quando ouço Thomas colocar a chaleira no fogão?

Talvez as minhas frases não façam mais do que insistir na ligação telefônica para um serviço de emergência em que ninguém atende. Tentativas de deixar uma mensagem para uma pessoa que nunca retorna a ligação.

Talvez a sequência numérica não seja uma corda que pode ser usada para sair de um poço, talvez eu já esteja no alto e a sequência numérica seja um corrimão ao qual me seguro enquanto caminho ao longo do abismo. Um dia faltante seria como uma falha no corrimão, e assim eu cairia. Por isso escrevo um número todas as manhãs e continuo andando à beira do meu abismo. Mas para onde estamos indo? E quando alguém vai me ouvir?

#199

Eu tinha medo de que pudesse acontecer, e de fato aconteceu. Muitas vezes. Comecei a seguir Thomas. Me preparo para sair enquanto a música toca na sala. Vou ao supermercado fazer as compras, como sempre, mas de repente me vejo a caminho do correio, fico esperando enquanto Thomas entra na agência, um tempo depois ele sai e eu o sigo quase até a floresta, para então dar meia-volta, retornar às pressas e no fim decidir que não devo escrever nada a respeito do que aconteceu e não devo agir dessa forma outra vez.

#204

Não é todos os dias que acontece. Tento evitar, mas nem sempre consigo. Saio para fazer as minhas compras e sigo pelo meu caminho, por onde Thomas não anda. Mas logo faço um desvio em direção à cidade. Vou ao mercado e de repente me lembro dos nossos passeios pela cidade, das nossas compras nas lojas conhecidas, nossas conversas com os vendedores que trabalham há anos por lá e que conhecem Thomas desde que ele era menino, e que me cumprimentam e perguntam por ele. Lembro de quando estávamos no La Petite Échelle, penso que preciso buscá-lo, tê-lo ao meu lado para que possamos nos sentar no café enquanto chove, e de repente penso que ele está caminhando a poucas ruas de mim. Ando pela rua que eu devia evitar, dobro nas esquinas erradas, sigo as rotas dele, acompanho-o mais adiante na rua, vejo quando ele abre a porta amarela da agência do correio, espero, me afasto um pouco numa das ruelas em frente ao correio, enxergo-o do outro lado da vidraça, vejo quando ele sai. Eu o sigo até que de repente dou meia-volta. E mais uma vez decido parar com aquilo.

#207

Mas assim mesmo acontece. Sigo-o de longe, Thomas sai com pacotes e correspondências, mantenho distância, mas sinto como se estivesse perto demais. E assim me aproximo mais ainda e o vejo abrir a porta.

Sinto as pernas bambas, um formigamento nas mãos e nos pés. Me sinto fria e quente, tenho a respiração curta e quase desmaio, quero virar, mas atravesso a rua e vou até a calçada onde fica o correio. Consigo vê-lo lá dentro. Tento controlar a respiração. Consigo ver tudo através da janela se eu me estico um pouco. Thomas fala com uma mulher no balcão. Ela parece quase indiferente, como se não soubesse o quanto é privilegiada. De poder falar com ele, como se nada tivesse acontecido. Tão leve. Que ela possa estar tão perto dele. Que possa ver o rosto dele. Que possa olhar para cima. Que não desmaie.

Passo depressa para não ser vista. Quero seguir em frente, mas mesmo assim atravesso a rua. Me aproximo da porta, que tem barras de metal amarelo com folhas de vidro jateadas, e ele não passa de uma sombra atrás da porta, mas sei onde ele está. Vejo uma silhueta, e essa silhueta é Thomas.

Dou uns passos para o lado e tento avançar mais um pouco, porém viro e volto até a porta. Estendo o braço, pouso a mão na maçaneta. A porta é pesada, sinto a resistência, mas logo ela abre. Os pacotes de Thomas estão em cima do balcão. Ouço a voz da mulher, uma frase contida, interrogativa, segundo me parece, e no instante seguinte Thomas responde. Sinto que não posso mais ficar por lá. A voz dele me faz recuar, e solto a maçaneta. Cambaleio e me apoio contra a parede, e depois dou a volta e retorno ao longo das vidraças sem olhar lá para dentro.

Não vejo quando Thomas sai, e sei que ele também não me vê, porque sigo pela calçada na direção oposta. Mas ouço a porta fechar quando ele sai. A porta que fecha às costas de Thomas, já sem os pacotes. Thomas, que sai do correio. Thomas, que solta a porta de metal amarelo. Ser uma porta. Receber o toque dele. E aos poucos voltar ao lugar e fechar com as dobradiças silenciosas.

Mas essa não sou eu. Eu não fecho. Não tenho dobradiças. Não há nada a que eu possa me agarrar. Paro e me viro um pouco tão logo ele some na esquina, e assim fico, quase irritada, porque não consigo mexer as pernas, mas consigo virar o corpo e vê-lo sumir na esquina.

Thomas não me vê. Ele não me vê quando estou virada, não me vê quando endireito o corpo e pouco depois saio andando, porque sai para o outro lado, dobra a esquina e segue em direção à floresta, e eu não o sigo, porque já é bem difícil me aguentar de pé, eu ando um pouco, depois paro e apoio a mão na parede.

É a perda que me leva a cambalear. É o anseio por tudo aquilo que foi perdido, e não há nada que eu possa fazer.

Só quando ouço os sons eu consigo suportar a perda. Assim consigo pensar com clareza, assim consigo procurar uma solução, uma resposta, uma saída. Posso ficar sentada no quarto de hóspedes e fazer com que os dias passem um atrás do outro.

#219

Já não sigo Thomas. Aconteceu mais duas ou três vezes, mas agora já não o faço mais. Uma única vez estive no jardim durante a tarde. Eu o vi pela janela da sala. No parapeito há um busto que Thomas herdou do avô, não sei de quem é, mas o busto fica lá e pude me esconder atrás dele. Fiquei lá, pronta para me afastar caso Thomas virasse em direção à janela, mas ele não vira, e agora sei como ele se movimenta na sala. Vi quando sentou na cadeira com o livro. Sei quando ele torna a levantar, e também quando vai para a cozinha. Fiquei no escuro e o vi levantar da cadeira e colocar lenha na lareira antes de sair da sala. Vi a fumaça que subiu pela chaminé em meio à chuva. Consigo ver se me afasto um pouco e olho para cima, mas só posso fazer isso enquanto Thomas está na cozinha. Posso me afastar dois passos, três passos, talvez quatro, e então uma fina espiral de fumaça rodopia acima da chaminé. A luz do poste no outro lado da casa torna a fumaça visível, e se eu me afasto ainda mais vejo a casa inteira com as janelas iluminadas, vejo o quarto de hóspedes iluminado, mas não há ninguém lá dentro.

Enquanto eu estava no pátio começou a chover, então fiquei sentada na casinha de ferramentas e esperei até que Thomas subisse. Sentei num caixote de madeira, com a porta aberta para o jardim, e quando a luz mudou de leve eu soube que ele tinha acendido a luz no andar de cima. Saí do depósito, abri a porta dos fundos com todo o cuidado e me esgueirei para dentro, e assim que ouvi a descarga no andar de cima, fechei a porta da rua e a tranquei com um clique discreto, abri a porta do quarto de hóspedes, entrei e a fechei.

Mas já não faço mais isso. Não o sigo mais, já não o observo mais através de vidraças noturnas. A distância se torna maior cada vez que o vejo. Atravesso os dias com mais leveza quando sigo o meu próprio ritmo. O ritmo dele. O nosso ritmo.

Quando ouço os movimentos dele, quando acompanho a música e me permito ser levada de um dia para o outro. Acordo pela manhã, escuto e acompanho os sons, e antes que eu perceba o dia passou.

#223

Fiz uma descoberta assustadora. Quer dizer, não foi uma descoberta minha, eu sabia muito bem, mas descobri que é uma coisa horrível. Um problema que não posso resolver. Existem fantasmas e monstros. O fantasma é Thomas e o monstro sou eu.

Todas as tardes, quando Thomas volta em meio à chuva, quando pendura o casaco no hall, quando troca de roupa e pendura a roupa molhada no radiador, quando põe lenha na lareira e acende o fogo outra vez, quando faz tudo isso, como exige o padrão, ele vai ao ponto seguinte. Thomas calça as galochas, porque os sapatos dele ainda estão molhados ao lado da lareira, mas as galochas estão junto à porta da frente, e assim ele as calça, abre a porta, atravessa o jardim e vai até a casinha de ferramentas. Ele mexe um pouco lá dentro, procurando uma pá, segundo imagino, porém não a encontra. Em vez disso pega uma colher de jardineiro que está pendurada num fio de couro em um gancho. Thomas pega-a e sai rumo ao pátio. Ainda cai uma chuva leve e ele se apressa em direção à estradinha do jardim, vai até o canteiro de alho-poró e acelga, enfia a colher de jardineiro ao lado de um grande alho-poró, solta-o da terra e puxa-o para cima, bate a colher de jardineiro contra uma pedra a fim de limpar a terra e volta apressado ao depósito, pendura a colher no lugar, pega cebolas de uma caixa e uma chalota de uma rede, sai, passa em frente à janela da cozinha e entra em casa, fecha a porta e vai à cozinha com o alho-poró, as cebolas e a chalota.

É apenas uma rotina. O dia dele é assim. Ele pega um alho-poró no canteiro. Pega cebolas e uma chalota. Sei porque já vi o buraco no chão deixado pelo alho-poró e os restos de terra revolvida na colher de jardineiro que fica pendurada na casinha. Já o ouvi no jardim, já o ouvi mexer no depósito e já ouvi o som de metal contra pedra, porque já fiquei escutando no outro lado da casa enquanto ele estava fora, e já vi uma pedra chata com farelos de terra que se desfazem sob a chuva.

Já de volta à casa, ele pega duas cenouras na gaveta da geladeira, pega um cubinho de caldo e corta as cebolas, sei porque vi a embalagem do caldo na lixeira da cozinha, vi as cascas de cebola e de cenoura no lixo orgânico. Thomas prepara uma sopa, e no preparo usa o alho-poró, ele o corta em rodelas finas, diagonais, sei porque ele sempre corta em diagonal, ele enxágua as rodelas de alho-poró numa tigela com água e as cozinha na sopa.

Não há nada de especial nessas coisas todas, a não ser pelo alho-poró todas as manhãs estar de volta ao canteiro. Lá no fundo do quintal, plantado, inteiro, intocado, pronto para ser colhido da terra. Simplesmente é assim, e eu me acostumei à ideia.

Ontem à tarde, enquanto Thomas estava fora, colhi um alho-poró no lado oposto do canteiro, cortei-o, fervi água e dissolvi um pouquinho de caldo na água, acrescentei o alho-poró fatiado, cozinhei tudo e tomei essa sopa rala na janela da sala.

Hoje o alho-poró tinha desaparecido. Claro: é o que acontece quando você colhe um alho-poró, corta-o, prepara uma sopa e o come. Saí ao pátio, fui ao canteiro e o alho-poró não estava mais lá. Não é um detalhe que devesse me surpreender, mas de repente aquilo pareceu errado. Era assim quando estávamos juntos. As coisas sumiam quando as comíamos. Usávamos o mundo. Mas quando Thomas está sozinho nada desaparece. Sou eu que faço as coisas desaparecerem. Deve ser assim. Eu existo num tempo que devora o mundo.

Sem mim, o dia de Thomas retrocede, o mundo é reparado, o alho-poró volta ao canteiro e tenho certeza de que o mesmo acontece às cebolas e à chalota. Eram muitas no depósito para que eu pudesse ver, mas com certeza seriam as mesmas se eu houvesse prestado atenção. Eu poderia contá-las se quisesse, mas não é preciso. Eu já sei. Sei que se eu pegar cebolas para mim no depósito elas vão desaparecer. Sei porque vi quem somos: Thomas é um fantasma, eu sou um monstro. É assim que as coisas são. Foi o tempo que deixou tudo assim. Sem mim Thomas é um fantasma, mas eu sou um monstro, uma aberração, uma praga.

Não que eu não soubesse. Não que eu não tenha visto as prateleiras se esvaziarem, mas agora passou a ser um problema. Passou a fazer diferença. Se Thomas é um fantasma e eu sou um monstro, a distância é maior do que eu imaginava. Thomas não deixa marcas no mundo, enquanto eu o devoro. A casa para ele é destino, o quarto para mim desatino. Se vou ao encontro dele, nos tornamos dois monstros. Eu o puxo rumo ao meu universo monstruoso, e passamos a comer por dois. Sou eu que faço a diferença. Ele é um fantasma, e fantasmas se repetem. E se repetem. Monstros vagam pelo mundo enquanto o destroem. Estou sentada no quarto de hóspedes, que dá para o pátio e para a pilha de lenha. Não faço muita coisa. Mesmo assim, estou consumindo o mundo, enquanto Thomas vive num mundo que repara a si mesmo. Eu deixo marcas. Me transformei na criatura devoradora, um monstro num mundo finito. Um enxame de gafanhotos. Por quanto tempo o meu pequeno mundo pode me sustentar?

#224

Já não consigo mais atravessar o dia. É como se o dia houvesse se tornado curto demais, ou então eu houvesse me tornado pesada demais. Como se eu houvesse me tornado grande e amorfa. Um monstro não pode simplesmente atravessar um dia: não é assim que um monstro funciona. Um monstro não entra nos interstícios vazios do dia. Ele simplesmente transborda. Cresce. Não pode nem ao menos esconder-se no mundo. Um monstro estrondeia. Os passos são pesados. O monstro não consegue ficar parado. Não consegue tocar numa orquestra doméstica e silenciosa. Um monstro é lento e pesado. Os dias começam a passar mais lentamente. Me sinto atravessada no meio do caminho. Não atravesso os dias. Sou eu que estou diminuindo a velocidade.

#225
Agora me ocorre que talvez sejamos ambos fantasmas. Tomara. Pode ser que tudo não passe de uma alucinação. Sou um fantasma que imagina ser um monstro. Thomas é um fantasma que imagina ser homem. Somos ambos do mesmo tipo. É o que me parece. Tomara. Vivemos num mundo de fantasmas. Com alhos-porós fantasmas, que desaparecem ou retornam. Somos ambos do mesmo tipo. Não monstros nem pessoas, mas simplesmente fantasmas que imaginam ser monstros ou pessoas. Que não ocupam o lugar de ninguém, ou ocupam dois lugares.

Ou então me encontro deitada na cama de um hotel em Paris, sonhando que sou um monstro, que devoro o mundo num tempo que parou. Quando vou acordar? Por favor, me acordem.

#226
Não adianta. Não consigo me convencer de que não passa de um sonho. Se tento fazer isso, logo o meu mundo é tomado por outros cenários. Imagino que estamos os dois mortos, e que tudo não passa de fantasias da alma, ou ainda imagino que

Thomas há tempo deixou o dezoito de novembro e seguiu viagem sem mim. Rumo ao dezenove e ao vinte, a dezembro e janeiro e fevereiro e março. Imagino que estou vagando por um mundo de sombras, enquanto todos os outros mantêm-se como se o tempo continuasse intacto.

Mas por que Thomas haveria de seguir viagem? Ele continua aqui. Posso ouvi-lo na escada. Ele está aqui, mas já não somos uma orquestra. Não somos do mesmo tipo, porque eu sou um monstro que consome o mundo em que vive.

Agora noto a lentidão dos dias. Não sou um líquido que atravessa os dias, preenche lugares vazios e continua a escorrer até o dia seguinte. Não somos uma orquestra que toca através dos dias. Não somos duas pessoas que dançam pela casa, não somos dois fantasmas que sonham sonhos diferentes e não somos música, somos um monstro e um fantasma, posso sentir as paredes se fecharem ao meu redor enquanto cresço, e agora já não sei mais se aqui há lugar para mim.

#227
São as palavras. No início éramos dois amantes num panorama enevoado. Viajantes tomados pela vertigem. Fazíamos compras e tomávamos café num lugar qualquer no dezoito de novembro. Fritávamos ovos na cozinha e pegávamos chocolate de laranja em uma prateleira do supermercado, e as coisas desapareciam, e eu sou uma praga, um monstro que devora o mundo em que vive. Busco legumes no canteiro e o canteiro desaparece. Mastigo e mastigo. A comida estala e espuma. A baba escorre pelos cantos da boca. Até o jardim. O lixo se amontoa. As prateleiras tornam-se cada vez mais vazias. O monstro continua a cambalear, dia após dia. Estalando, mastigando. Ouço os sons na minha cabeça enquanto mastigo o pão crocante. Você soa como um cavalo, digo para mim mesma, um cavalo

mastigando cenouras. Um gato mastigando a ração. Um cachorro roendo um osso, um coelho no pote de comida, um enxame de insetos que devora campos e florestas. Sou todos esses, uma horda de criaturas devoradoras. Uma horda que estala e mastiga. Um jardim zoológico, uma cocheira lotada, um enxame que zumbe.

Ouço Thomas subir a escada. Ele não deixa marcas. Faz compras e mais compras. Corta pão e rodelas de alho-poró. Com as sacolas farfalhantes, atravessa a casa e pisa em cada um dos degraus, mas é como se não tivesse estado lá. Ouço-o no banheiro. Um fantasma que faz xixi de pé. Nada além de um espírito que mija. Que mundo é esse?

São as palavras que fazem a diferença. Pensei que sou um monstro e agora mesmo estou crescendo. Quem sou eu nesse momento? Será que sou um monstro ou apenas uma pessoa no quarto de hóspedes? Será que sou uma praga ou apenas uma criatura bípede e pensante com tempo de sobra em excesso? O que escuto? Será que escuto o meu amor tirar água do joelho, será que escuto um homem que faz xixi de pé, será que escuto o meu marido mijar, será que escuto o barulho de um fantasma que urina? O que escuto, afinal? Não muito. Tudo está em silêncio. Ele puxou a descarga, o reservatório está cheio, os canos pararam de rumorejar, a imagem está completa. Ele faz uma pausa, ou então se transforma numa consciência pura, em ar pensante. Mas espero que eu possa ouvi-lo mais uma vez daqui a pouco, quando ele subir a escada.

É o meu humor que escolhe as palavras por mim. Eu tenho um humor. É o tipo de coisa que pode ser muito útil. O humor sabe escolher palavras de toda a paleta, sabe tratar a linguagem como uma paleta, sabe dar cor às coisas, mesmo quando não têm cor nenhuma. Não falo com ninguém, porém o meu mundo ganha cada vez mais detalhes, busco palavras de um mundo com vozes diversas, de um humor que dá cor, que contagia. Tudo parece mais pleno quando as coisas ganham cor. A paleta transborda de cores. São palavras demais, os dias param, tornam-se mais pesados, mais lentos.

E agora o fantasma mijão desce a escada.

#228

Me afasto bastante de casa quando saio para as compras. Não posso mais comprar no supermercado da Rue Clémentine Giroux. Já vi o resultado: prateleiras cada vez mais vazias e balcões refrigerados cada vez menos abastecidos. Não é novidade. Tudo foi registrado nos dias de névoa, tudo foi documentado, testado e anotado nos dias de observação. Mas agora vejo rastros por todos os lugares em que estive. Muitas coisas estão desaparecendo. O chocolate de caramelo acabou. Algumas cestas de pão estão vazias, e na prateleira mais baixa da padaria restam apenas dois pacotes de biscoito rodeados de ar, porque comprei todos os outros. Vários tipos de queijo sumiram do mostruário de queijos, os tomates estão em falta no setor de hortifrúti e não há como não perceber as falhas nas prateleiras. Sou eu a responsável por tudo isso, e tudo aconteceu muito devagar, dia após dia.

Tento espalhar as minhas compras. Tento encontrar mercados onde nunca tinha feito compras. Quebro os meus hábitos e como coisas que não costumava comer. Escolho os produtos disponíveis em maior quantidade, nas prateleiras mais bem-abastecidas, e compro peixes enlatados que não conheço, pacotes de biscoito e sopas em pó que nunca provei.

Penso no futuro. Comecei a prestar atenção a pátios, a canteiros de verduras e legumes, a macieiras com frutas, a cachos de uva ainda no pé mesmo que seja novembro. Olho para o chão sob as castanheiras do pátio. Busco fragmentos do mundo que ninguém vá usar. O excesso. Começo a imaginar um futuro como andarilha, como uma mulher sem destino que vai de lugar em lugar, pega um pouco aqui e um pouco ali, compra um pouco aqui e um pouco ali enquanto segue viagem sem deixar marca nenhuma. Penso que pode levar um bom tempo. Que muitos dezoito de novembro podem estar à minha espera. Sei bem que vou roubar dos pássaros e das minhocas caso eu comece a buscar provisões em jardins. Mas, se não posso consertar o defeito no tempo, penso eu, se as coisas nunca mudarem — e de repente noto que já pensei demais, e então paro de pensar.

#229

Às vezes penso em achar outro lugar para morar. Penso no avô de Thomas, que nunca se mudou da casa onde tinha morado com a avó dele. Que morou aqui sozinho por dezessete anos antes que ele próprio morresse. Que viveu a mesma vida, no mesmo ritmo. Que cultivava verduras e legumes, sempre nas mesmas quantidades, conforme um plano que ainda hoje está no depósito, e que tentamos seguir. Um plano que vai de cenouras e salsinha para milho e abobrinha, de milho e abobrinha para feijões e ervilhas, e no ano seguinte para alho-poró e acelga, e talvez para repolho no ano subsequente. Ele explicava tudo para Thomas a cada ano, e depois também passou a explicar para mim quando fazíamos visitas. Como estava indo o ano em curso, e o que aquilo significava para as rotações do ano seguinte. Como a terra reagia a diferentes culturas. Como as diferentes culturas interagiam umas com as outras, quais eram as companhias das plantas, quais eram amigas e quais eram inimigas, como a calêndula ajudava as outras plantas e como o aneto e o funcho preferiam crescer sozinhos. E Thomas escutava pacientemente, mesmo que já tivesse ouvido tudo aquilo muitas vezes. Mas havia verduras demais no pátio, e quando ficou sozinho o velho Selter precisou oferecê-las a amigos e vizinhos, porque era demais para uma pessoa só.

Mas como fazem para continuar morando na mesma casa, esses casais que de repente se transformam numa metade? Como seguem vivendo a mesma vida ano após ano? Nos mesmos cômodos, no mesmo dia a dia. Como é possível? Será que continuam a fazer as mesmas coisas porque a casa é a mesma? Será que se recolhem a um único cômodo? Será que ficam lá sentados e de repente ouvem a pessoa morta andar pela casa? Será que a pessoa morta parece estar ao mesmo tempo demasiado perto e demasiado longe? Será que ouvem passos ao longe, uma mão ou um braço que se roça contra o papel de parede? Será que pensam que há fantasmas na casa? Será que pensam que são monstros quando a outra metade para de comer? Que é errado continuar a existir no mundo? Será que pensam em cultivar a terra, em continuar a fazer com que o jardim produza raízes, frutas e verduras?

Mas eu não posso cultivar a terra. Tenho um único dia, e nesse dia chove. Não colho nada. Não semeio nada. Nada brota e nada cresce. Minhas estações deixaram de existir. Nada vem desses dias. Eles simplesmente passam, e enquanto passam eu devoro o mundo e ouço o fantasma na casa.

#230

Não sei se há espaço para um monstro neste cômodo. Os dias reduziram a marcha, o mundo em que vivo encolheu, ou então eu cresci. Não sei. Já não atravesso mais os dias com a leveza de antes: os movimentos que faço produzem barulho. Meus sons neste cômodo não são música, não faço parte de nenhuma orquestra silenciosa. Há os barulhos de Thomas pela casa e música na sala, mas já não toco mais na orquestra.

Já não sigo mais Thomas. Ele sai para dar os passeios na floresta e ao longo do rio. Volta em meio à chuva enquanto permaneço sentada aqui, e por vezes ergo o rosto e vejo uma sombra que abre um portão e logo torna a fechá-lo.

#232

Hoje à noite tive um impulso de sair. Não porque eu quisesse espiar Thomas pela janela. Era de madrugada, e ele tinha ido para a cama há muito tempo. Fui ao banheiro, porque eu havia bebido mais chá do que costumo beber, e acordei de um sonho no qual eu procurava o banheiro, mas toda vez que encontrava uma porta a cabine estava ocupada. As portas estavam sempre entreabertas, e eu achava que as cabines estavam desocupadas, porém ao abrir eu sempre descobria uma pessoa sentada no vaso.

Quando acordei do meu sonho, fui até a janela. Queria ver se estava chovendo. Não estava: as nuvens haviam se dissipado, e havia um largo cinturão de céu claro onde a lua pairava, a lua de sempre, minguante. A lua não se transformou, e já não acredito mais que eu perceba mudanças. O céu é o mesmo, ele se transforma ao longo da noite, como agora, mas na noite seguinte tudo se repete.

De repente sinto vontade de sentar na rua. Peguei um cobertor e o meu edredom, fui até a despensa e peguei a almofada de uma cadeira de jardim, para então colocá-la em um degrau na escada que sai da porta dos fundos com o edredom e o cobertor, e depois de fazer xixi atrás dos pés de groselha sentei na escada de costas para a porta, enrolada no cobertor e no edredom. Mais nuvens passaram em frente à lua, mas quando seguiram viagem a luz tornou a brilhar sobre o meu edredom rodeado pela escuridão.

O vento havia se acalmado. O vaso que eu ouvia noite após noite ainda estava lá, mas pouco se mexia pelas lajes que ladeavam a casa. Deve ter sido um momento em que eu nunca havia saído antes, porque havia menos barulhos e mais céu para ver do que nas outras vezes que eu havia saído durante a madrugada. Por quase uma hora fiquei olhando as nuvens passarem ao meu redor, e entre uma e outra revelavam-se grandes espaços de céu.

De vez em quando eu ouvia o som de um carro, às vezes perto, mas quase sempre não mais do que um rumor distante. No mais, não havia muitos outros sons a não ser por um discreto farfalhar nos galhos e pelo vaso que rolava sobre as lajes, que de repente pareceu irritante com aquela irrequietude discreta, aquele barulho de plástico contra pedra.

Adormeci com as costas apoiadas na porta, enrolada nas cobertas. Devo ter me mexido enquanto eu dormia, porque acordei de repente ao bater a cabeça na alvenaria ao lado da porta. Continuava escuro, porém juntei as minhas coisas e voltei para a cama, e depois acordei num dia que começou muito tempo atrás.

#233

O silêncio foi a primeira coisa que notei ao sentar na escuridão. Mais uma vez eu estava acordada em plena madrugada e fui tomada pelo impulso de ver o céu noturno. Passei um tempo admirada, com o sentimento de que o pátio havia se transformado, até notar que era simplesmente o barulho do vaso ao vento que havia cessado.

No mesmo instante lembrei que eu havia juntado o vaso a caminho do depósito, quando havia posto a almofada de volta na cadeira de jardim depois da minha visita noturna. Pensei que tinha largado o vaso numa prateleira do depósito, estava com muito sono e não lembrava direito, então levantei para conferir e lá estava o vaso, em cima de uma caixa, com barbante, luvas de jardinagem e envelopes de sementes.

Sentei na escada, onde eu mais uma vez havia me instalado com a almofada, o edredom e um tapete velho para não ficar na umidade, e me surpreendi ao notar que o vaso não havia simplesmente retomado os movimentos do dia dezoito, quando havia rolado de um lado para o outro sobre as lajes de pedra. Isso não tinha nada a ver comigo, o vaso sempre tinha estado lá, rolando por conta própria. Por que de repente havia parado? Tenho certeza de que outra vez, ainda durante os meus experimentos com Thomas, eu havia recolhido o vaso para guardá-lo no depósito, e tenho certeza de que tudo estava de volta ao lugar anterior no dia seguinte. Mas naquele momento o vaso havia deixado que eu o trocasse de lugar, havia deixado que eu interrompesse os movimentos sobre as lajes de pedra, e estava claro que aquele som havia desaparecido.

Logo abandonei qualquer tentativa de explicar o ocorrido e voltei minha atenção aos padrões do céu noturno. O céu me traz segurança. Não é como os livros ou os vasos. Não é como os vidros de azeitona ou os pacotes de biscoito. Não há nada a fazer. O céu é confiável. Ele não muda. Não posso influenciá-lo, e não posso destruí-lo. O céu não me deixa interferir, para ele é indiferente que haja um monstro nos degraus da escada. É cheio de movimento, de coisas que passam, mas por lá nada faz barulho, e mesmo que houvesse sons, mesmo que houvesse notas celestiais ou a harmonia das esferas, não seria possível escutá-las aqui de baixo. É longe demais.

Fiquei observando as estrelas e as nuvens, cujos padrões eu já imaginava reconhecer. Uma nuvem solitária passou em frente à lua no mesmo instante em que um grupo de nuvens surgiu acima das árvores no outro lado da rua. Duas nuvens, uma nuvem solitária, outra nuvem solitária, duas duplas de nuvens, dois grupos em movimento conjunto. Eu tinha a impressão de já ter visto tudo aquilo antes, e a seguir uma nuvem passou muito perto da lua, que havia se postado bem acima de uma antena telefônica ao longe. A nuvem passou sem tocar o ponto mais alto da lua, e permaneci sentada no meu posto com a certeza de que eram os mesmos movimentos da noite anterior, a não ser pelo vaso.

O céu tem seus padrões. Eles se repetem. Posso me sentir em casa. Posso sentar na escada de pedra em meio à escuridão e observar o céu, ou então posso ficar de pé no gramado como um pequeno monstro num espaço gigante. Noto que o céu tira a capa de monstro dos meus ombros. Me torno menor, e os pequenos fragmentos do mundo à minha volta transformam-se em quase nada. O céu é grande e imóvel, o universo se abre e eu me torno um monstro desprezível que mordisca esse mundo gigante.

Passei um longo tempo sentada. Acordada e quentinha, na escada da minha casa. Vi grupos de nuvens, pequenos grupos, ou ainda nuvens solitárias. Silhuetas claras ou volumes macios e informes de contornos esfumaçados que, sozinhos ou em dupla, atravessavam a noite e deixavam para trás estrelas cujos nomes eu ignorava.

É bom que o céu tenha se aberto. É bom que o mundo tenha recobrado as proporções. Que não se deixe importunar pelas pragas que se movem na escuridão. É bom conhecer um lugar onde não posso fazer nada.

Olho com atenção concentrada para o céu. Sinto o desejo de conhecê-lo. Sinto o desejo de nomes e padrões. É bom que eu possa voltar, noite após noite. Que eu possa conhecer o céu. Que eu não possa destruir essa mecânica. É bom que o mundo tenha parado.

#234
Como posso dizer que é bom que o mundo tenha parado? Como posso dizer que é bom que não se movimente, que eu

não possa fazer nada, que nada aconteça? Como isso pode ser bom? Como pode ser bom que Thomas aos poucos seja levado cada vez mais para longe? Que não estejamos juntos? Como eu pude dizer aquilo? Talvez eu deva pensar melhor antes de escrever. Qualquer coisa. Aqui.

#245
Hoje comprei um telescópio. Saí de casa assim que Thomas saiu. Claro que não há nenhum lugar em Clairon onde se possam comprar telescópios. Mesmo assim, fui até uma loja de produtos eletrônicos, mas segundo me disseram a especialidade não é bem telescópios. Eu poderia comprar TVs de tela plana, alto-falantes e eletrodomésticos. Eu poderia comprar laptops e telefones celulares e uma câmera digital reflex. Eu poderia comprar um liquidificador e uma iogurteira, se quisesse. Eu poderia comprar uma chaleira elétrica e um fogão de camping, mas isso eu já tinha feito na loja de ferragens do centro.

Foi um pouco estranho fazer aquele trajeto, porque já se passou muito tempo desde a última vez que me afastei da casa para além do centro da cidade e do caminho onde começa a floresta. Estive prestes a abandonar o meu plano e voltar para casa quando deixei a loja de mãos vazias, mas Thomas já devia estar de volta havia muito tempo com as sacolas de compras, e nesse caso seria difícil entrar sem que ele me ouvisse.

Em vez disso segui rumo à estação. Chovia um pouco, eu tinha aberto a sombrinha e de repente me lembrei da minha caminhada à tarde no segundo dezoito de novembro. Eu tinha a mesma bolsa no ombro, mas naquele momento ela estava mais leve, porque não continha os livros. Eu os havia deixado em casa. De repente senti uma incerteza por estar longe de casa, por ter abandonado Thomas e os livros. O que eu encontraria ao retornar?, pensei por um instante, mas quando cheguei à estação faltavam apenas quatro minutos para o próximo trem rumo a Lille. Passei um bilhete às pressas na máquina, me apressei até a plataforma e saltei para o interior do trem antes que eu pudesse mudar de ideia.

O trem estava com a lotação pela metade. Era de manhã e não havia muita gente saindo de Clairon em direção a Lille. Eu não tinha me preocupado muito com o meu aspecto. Às vezes eu conferia o meu reflexo numa vitrine de loja para me assegurar de que eu parecia um ser humano ao sair, mas não tinha pensado muito no risco de sentar de frente para outra pessoa num trem. Não um pedestre na rua nem um atendente com perguntas feitas às pressas e roteiro fixo de atendimento, mas uma pessoa com tempo. Uma pessoa sentada à minha frente, talvez com o rosto voltado para mim. De repente senti medo e arrependimento por ter entrado no trem.

Por sorte havia só três pessoas no carro que eu havia escolhido, e assim havia lugares para nós três. Me posicionei de maneira a ver o braço de um dos meus companheiros de viagem e a bagagem do outro, sem rostos. Mesmo assim precisei ir ao banheiro antes que chegássemos à primeira estação. Certifiquei-me de que eu tinha uma aparência normal, de que eu parecia um ser humano e não um monstro, uma criatura a caminho de atividades suspeitas, uma visitante de outra galáxia ou ainda uma pessoa vinda de outra linha de tempo, mas não apareceram muitos passageiros e eu não precisava ter me preocupado.

Em Lille fui tomada por uma estranha euforia. Logo ao chegar encontrei uma loja que vendia equipamentos ornitológicos, como binóculos e livros sobre pássaros, mas também câmeras e telescópios de todos os tipos. Livre de considerações econômicas como eu me encontrava, tive vontade de comprar um telescópio profissional e uma câmera *mirrorless* com lente teleobjetiva, mas no fim controlei a euforia e acabei com um telescópio razoável que eu tinha visto na vitrine antes mesmo de ser atraída rumo ao interior da loja por um cliente que havia segurado a porta aberta para mim.

Um equipamento adequado para iniciantes, mas assim mesmo de boa qualidade, segundo me disse o vendedor quando expliquei meu interesse em um telescópio que não fosse muito complicado. Aquilo duraria bastante tempo, ele disse, e era uma boa compra. Devo ter parecido uma cliente razoável, mas não foi assim que me senti. Meu impulso tinha sido comprar vários outros instrumentos, e eu poderia muito bem ter começado a fotografar ou observar pássaros ou a examinar os objetos do mundo sob um microscópio complexo se não fosse pelo fato de que daria muito na vista. Mesmo assim, eu dava a impressão de pertencer aos clientes razoáveis e hesitantes, não afoitos e famintos por observar os fenômenos do mundo com a maior precisão imaginável.

Como um brinde pela minha compra sensata, o atendente me deu um atlas de astronomia com uma breve introdução sobre o céu e sobre os corpos celestes observáveis com um telescópio mais simples, como aquele que eu havia comprado. Não mencionei que eu já tinha *The Heavenly Bodies* de 1767. Não acho que ele consideraria o livro muito atual.

Paguei e me preparei para deixar a loja com o meu telescópio, já desempacotado, demonstrado, desmontado e guardado numa estranha caixa de transporte que mais parecia um trompete com um tripé e vários outros acessórios não lá muito discretos, mas assim mesmo fáceis de transportar. No caminho em direção à porta eu hesitei, larguei a maçaneta, virei e perguntei se eu não poderia deixar o telescópio na loja enquanto fazia outras compras. O vendedor disse que não havia problema e saí mais uma vez à rua.

Passei as duas horas seguintes fazendo compras a uma velocidade que eu seria incapaz de reconhecer a partir dos meus dias em casa. Passei em sete ou oito lojas, comprei vários tipos de chás e cafés, comprei pato confitado, peixe enlatado, queijos com datas de vencimento vários meses no futuro e também certos queijos especiais que, segundo o vendedor, podiam ser mantidos fora da geladeira. Numa loja de alimentos saudáveis comprei uma variedade de patês de verduras e legumes em vidros e latas, comprei amêndoas, nozes e sementes. Comprei feijão, ervilha e milho em latas e caixinhas, e a cada uma dessas compras notei com alívio a diferença ínfima que eu fazia no estoque de comida mundial: praticamente não se notava o estrago que eu havia feito nas lojas.

Numa papelaria comprei um bloco de notas encadernado em lona verde-oliva. Pautado e com a lombada costurada. Ainda não comecei a usá-lo, mas tenho a impressão de estar a caminho de uma coisa nova, de uma coisa ainda não começada.

Quando terminei, saquei o máximo de dinheiro possível no meu cartão de crédito, peguei um táxi, coloquei todas as minhas compras no carro e pedi ao motorista que me levasse à loja onde eu havia deixado o meu telescópio. Lá eu peguei o telescópio, guardei-o no porta-malas e pedi ao taxista que fosse até Clairon, a pouco mais de uma hora de distância por uma paisagem que oscilava entre raios de sol, céu nublado e nuvens esparsas, e chegamos um bom tempo antes que Thomas voltasse para casa, ainda durante a chuva, e antes que começasse a escurecer.

Já em casa, paguei a corrida de táxi e comecei a levar as sacolas para o hall e depois para a sala. A casa estava fria, porque as brasas da lareira já haviam terminado de queimar, e ninguém havia ligado a calefação. Liguei o termostato a uma temperatura um pouco mais alta do que a habitual, porque de repente senti muito frio.

Tirei de baixo da cama duas caixas plásticas com roupas de cama extras, que levei comigo e coloquei na prateleira mais baixa da estante ao lado da cama. Enchi as caixas com uma parte das minhas compras, e o restante eu guardei numa caixa de papelão encontrada na despensa e empurrada para baixo da cama.

Começou a escurecer enquanto eu juntava as últimas sacolas vazias, e quando a chuva aumentou eu me recolhi ao quarto de hóspedes. Da janela pude ver nosso vizinho correr ao longo da cerca, até os fundos do pátio. Pouco depois ouvi Thomas chegar, e no instante seguinte a luz do hall entrou por baixo da minha porta.

Estou cansada ao fim de um dia bastante ocupado, mas é um cansaço enérgico. Meu cérebro está andando em círculos. É como se eu tivesse mudado de direção e alterado a velocidade, mas acima de tudo o tamanho. Consegui recuperar as proporções adequadas. Não sei se é porque passo as noites olhando para o céu, ou porque andei por lugares distantes, viajei de trem, andei por ruas desconhecidas. Talvez seja apenas porque espalhei as minhas compras e arranquei pedacinhos minúsculos de um mundo enorme. O que eu tiro do mundo é pouco em relação ao tamanho dele, penso eu, e sinto como se eu estivesse mais leve, mas ágil. Posso mudar de direção. O monstro é pequeno. A diferença que faço no mundo é pequena. A jornada de uma pessoa no dezoito de novembro significa muito pouco.

#246

Minhas compras deram certo. Quando acordei hoje pela manhã tudo ainda estava lá: as caixas debaixo da cama estão cheias, os pacotes de chá e café seguem em cima da mesa, atrás da chaleira elétrica, e meu estoque continua cheio. Me sinto tranquila e despreocupada. O mundo ainda está lá, e imagino que seria quase impossível dizer que uma praga minúscula esteve fazendo uma pilhagem lá fora.

Só o meu bloco de notas verde sumiu. Eu o deixei em cima da mesa, à espera de frases, de observações e reflexões. À espera de frases curativas, frases interrompidas, à espera de dúvidas e hesitações, questionamentos e angústias, esperanças e humores, cores, sei lá eu. Teria sido um novo capítulo. A vida de um pequeno monstrinho no universo. Agora não sei dizer se o novo começou nem se o novo vai começar, mas sei que preciso examinar o céu mais de perto.

#251
Saí com o telescópio nessas últimas noites, em plena madrugada, quando há mais céu a explorar. O tempo está frio e úmido, mas ainda há períodos claros o suficiente para que boa parte do céu esteja visível por uma hora ou duas.

Peguei um vestido de lã na gaveta de baixo da cômoda do quarto, porque faz bastante frio na rua. Encontrei lenços e um par de leggings em lã. À noite vou cedo para a cama. Durmo por umas horas e durante a madrugada eu acordo. Espero até ter certeza de que tudo está em silêncio no quarto acima, e então preparo a minha saída. Sem fazer nenhum barulho, ou praticamente nenhum. Com o meu telescópio, blusão e vestido de lã e um cobertor para manter-me quente enquanto exploro o céu do dezoito de novembro.

#256
Encontrei novos caminhos através dos dias. Durmo até tarde e só acordo quando Thomas já saiu. Fico na sala, ou então no quarto de hóspedes. Abro latas e sacolas. Pego nozes e caramelos nos potes embaixo da minha cama. Eu gostaria de convidar Thomas para essa festa, mas seriam 256 dias a explicar e levaria tempo demais.

Já no início da noite eu me deito para estar pronta quando a madrugada chegar, mas antes preparo o meu encontro com o céu. Abro o meu atlas astronômico e estudo as estrelas e os planetas. Na estante da sala encontrei o planisfério celeste do velho Selter. Você pode reajustá-lo conforme a época do ano, e assim é sempre possível encontrar o céu sob o qual você se encontra. Eu sabia muito bem que tínhamos esse planisfério, e no dia após a minha visita a Lille eu o peguei na estante da sala. Ajustei-o para o meio de novembro e precisei de dois ou três dias até que a minha regulagem parasse no planisfério, mas agora o disco já não volta mais à posição original durante a noite. Ele voltava sempre para a primavera. Deve ter sido a estação da última vez em que foi usado. Talvez o planisfério não fosse usado desde uma vez que eu e Thomas observamos as constelações da primavera durante uma visita ao avô dele. Não lembro por que o velho Selter pegou o planisfério, nem o que pretendíamos ver no céu, mas lembro que ele o ajustou de maneira que pudéssemos localizar as estrelas e encontrar o nome delas. Sinto como se tudo isso tivesse acontecido numa outra vida, quase como se fosse outro céu, um céu que se transformava ao longo do ano. Hoje o planisfério é desnecessário, porque só vejo o céu do outono.

#259
Começo a me sentir em casa quando saio de madrugada. Olho para cima e penso, é aqui que eu moro. Num gramado úmido no dezoito de novembro. Sob luas, estrelas e planetas. Moro sob uma lua terrestre com paisagens cinza-esbranquiçadas, grande e próxima e cheia de crateras e campos de pouso. Moro sob um Saturno com o anel difuso, como que envolto por uma névoa. Sob Júpiter e suas diversas luas. Consigo ver três delas com o telescópio: Io, Europa e Ganimedes. Calisto está oculta

por trás de Júpiter, então não consigo vê-la, e as luas menores são pequenas demais para o meu telescópio. Mas encontro outros corpos celestes, estrelas de todos os formatos, encontro constelações próximas e grandes luzes solitárias. Encontro Castor e Pólux. Movimento-me sob Órion. Descobri as Leônidas. Encontrei o lugar no céu de onde projetam riscas claras. As Leônidas se repetem, elas são confiáveis, e eu posso ficar no gramado, ajustar o telescópio e vê-las disparar em silêncio em frente à abertura do telescópio. Moro sob as Plêiades, que embora pequenas estão muito longe, e me inclino para trás, ajusto o telescópio e o movimento enquanto as nuvens deslizam pelo céu.

De madrugada estou na rua, onde me sinto em casa. Olho para o sul e para o norte e para o leste e para o oeste. Respiro sob o céu estrelado, encontro imagens, ajusto o foco. Depois volto para casa e me deito para dormir. Respiro numa casa sob o céu estrelado, e ao fim de uma noite de sono acordo com os barulhos da casa e penso que logo vou ter mais um encontro com o céu.

#262

Todas as noites, depois de observar os corpos celestes por tempo suficiente, levo o telescópio e meu cobertor para dentro de casa e guardo-os no quarto de hóspedes. Fecho a porta que dá para o pátio. Tranco-a com um clique discreto, entro no quarto de hóspedes e fecho a porta.

Já estive no gramado e olhei para o céu, mas eu sempre volto. Para uma casa onde Thomas dorme e eu mantenho silêncio, porque os padrões dele podem ser despertados, eu posso atrapalhar, e assim faço movimentos calculados. É Thomas que mora aqui, e eu que sou a hóspede.

Durante o dia eu acompanho os sons. Foi Thomas quem criou o padrão da casa. Ele já existia quando voltei de Paris.

Talvez até antes, penso eu. É o padrão dele, do qual não faço parte. Nossos dias juntos foram uma intromissão minha nesse padrão dele, mas já não o interrompo. Ouço e me adapto. Escuto a água nos canos. A chaleira no fogão. Sinto o som da chuva e os barulhos da cozinha e da sala. Para Thomas é apenas um dia entre outros, mas para mim esse dia simples e corriqueiro dele é um padrão. Ele desempenha ações e faz pausas, está dentro ou fora, é barulho ou silêncio. Estou na moldura dele. Thomas não sabe, mas eu escuto e encontro caminhos no dia dele, e à noite me visto para as estrelas. Saio envolta em lã, com peles, me visto para a escuridão e posto-me no gramado a fim de olhar para o céu, e após um tempo lá fora torno a entrar, fecho a porta e deito na cama fria. Mas não tem problema: deito ainda vestida na cama e puxo o edredom.

Deito no quarto de hóspedes, porque sou uma hóspede. Deito na cama, pois sou uma pessoa que dorme. Já vi o céu e me senti em casa sob as estrelas. Estou conhecendo o céu. Será que sou uma ovelha que olha para as estrelas ou um monstrinho vestido com lã?

#274

O telescópio foi um erro. Ou melhor, foi um erro se eu achava que assim poderia diminuir o tamanho do monstro.

Saio à rua todas as noites. Me sinto em casa. Moro no escuro e passo um tempo lá fora com a certeza de que me tornei menor ao observar o tamanho vertiginoso do céu, mas não é o que acontece. Não com um telescópio. Os olhos tornam-se grandes e famintos, você começa a se intrometer, a invadir. Você se envolve nos assuntos do céu, e notei que cresço à medida que conheço melhor o céu, à medida que mais estrelas ganham nome, à medida que desvendo a superfície da lua. Invado o espaço, preencho o mundo. É uma outra forma de ser um monstro. No escuro. No pátio. Com olhos devoradores. Um monstro vestido com lã.

Noto quando entro em casa ao fim das noites no gramado. O céu já não faz mais com que eu me sinta apenas um monstrinho. Sinto que o quarto de hóspedes me aperta. Como uma roupa pequena demais. Um casaco de inverno da infância que se torna pequeno demais antes que a primavera chegue. Penso na minha irmã, que herdaria o meu casaco, no forro desgastado, no sentimento de aperto ao redor dos ombros.

Mas eu continuei a crescer nesse casaco, e as mangas ficaram curtas, o forro começou a desfiar, e a minha irmã me ajudou a tornar os buracos maiores, porque se ainda estivesse inteiro quando a primavera chegasse o casaco seria esquecido até o outono, quando ela haveria de herdá-lo. Mas ela queria um casaco novo, não o meu casaco velho. E assim fizemos uma aliança, rasgamos um pouco e aumentamos os buracos, e quando a primavera chegou o casaco estava esburacado demais para que ela o herdasse, e no outono ganhamos casacos novos, as duas. Eram azuis, e o meu era o maior. As mangas eram longas demais, porém antes que o inverno chegasse eu já havia crescido.

Agora moro em um cômodo da casa que me aperta, que já quase não me serve, e às vezes ando pela cidade à procura de um novo.

#276

Há casas vazias em Clairon. Umas estão para alugar, outras estão à venda, ainda outras estão simplesmente vazias porque os moradores não se encontram em casa no dezoito de novembro.

Não sei para que pode servir, mas comecei a examinar as casas mais de perto. Às vezes ando pelas ruas de madrugada, ou então ando no escuro com a minha sombrinha e vejo se as luzes se acendem nas casas. Depois faço o mesmo durante a noite. Me esgueiro para fora de casa e começo a andar, e parte das casas escuras continuam escuras. Já entrei nos pátios e procurei chaves nos depósitos, debaixo do lampião junto aos degraus da entrada e também no vaso ao lado da porta dos fundos. Por vezes dei sorte e estive em casas estranhas durante a madrugada, porém não encontrei uma casa onde eu possa morar.

#279

Hoje fiz uma visita à imobiliária na Rue Charlemagne. Saí assim que Thomas deixou a casa pela primeira vez. Primeiro fui até a imobiliária na Place Mignolet. Fiz perguntas sobre as casas que eu tinha observado à noite, e duas estavam à venda, mas não acho que a localização seja adequada. Na imobiliária da Rue Charlemagne encontrei mais casas e solicitei uma visita a uma delas, porém o corretor não tinha agenda disponível. Ele sugeriu uma visita no dia seguinte, e quando eu disse que não poderia voltar no dia seguinte ele sugeriu que eu pegasse a chave e fizesse uma visita por conta própria. Aceitei a proposta. Peguei a chave, saí em meio à chuva e logo encontrei a casa, localizada na Rue de l'Ermitage, uma das ruas que levam à floresta e ao rio e ao antigo moinho. Não é a rua por onde Thomas caminha, mas assim mesmo é uma rua próxima da rota que ele faz.

Era uma casa de paredes cinza-claras. Cozinha e banheiro completos, geladeira, fogão e chaleira elétrica, uma sala no andar de baixo, quartos no segundo piso, camas, mesas e tudo mais. A casa parecia desabitada havia muito tempo: a geladeira estava aberta para não mofar e as camas não tinham lençóis, mas no geral era o tipo de lugar que eu precisava. Passei uns quinze minutos andando pela casa. Bastaria levar as roupas de cama, a bolsa, os livros, as roupas. E o telescópio. Eu poderia me mudar para lá. Não seria nada complicado.

No caminho de volta passei por um chaveiro e fiz uma cópia da chave. Seria difícil, pensei, porque eu tinha visto que, por mais fácil que fosse entrar naquela nova casa, seria difícil me afastar de Thomas, mesmo que eu só tivesse os barulhos dele.

Após devolver a chave, voltei à casa na Rue de l'Ermitage. Minha cópia funcionou, e sentei na sala, que tinha um leve cheiro de mofo. A calefação estava desligada, então os radiadores não funcionavam, mas a casa tinha eletricidade e assim eu poderia arranjar um aquecedor elétrico. Começou a chover enquanto eu estava lá sentada. Lá a chuva fazia um barulho diferente em relação à nossa casa. Talvez em razão do caimento do telhado ou da direção do vento, não sei: mas o barulho era menos tamborilante, talvez mais suave. Era o meio da tarde, e pude reconhecer os intervalos da chuva. A cozinha tinha vista para o campo, e no outro lado havia um pátio cinzento. Não vi os vizinhos, e a orientação da casa praticamente os impediria de me ver caso eu fizesse a mudança.

#281

Ontem fui a mais uma imobiliária. A corretora se dispôs a me levar a uma casa que eu gostaria de ver, e sugeriu outras duas que eu também poderia visitar. Num desses lugares a chave da casa estava debaixo de um vaso. A casa é melhor do que a casa na Rue de l'Ermitage. Não cheirava a mofo, porém os vizinhos estão mais próximos e a sala deles tem uma janela que dá para a cozinha. Eu chamaria atenção com a mudança. Não quero essa atenção.

Na outra casa a corretora pegou a chave em um pequeno depósito de lenha. Pensei que lá eu poderia acender a lareira e me acomodar na sala com um livro, mas em pouco tempo a lenha teria acabado, eu a veria desaparecer pouco a pouco enquanto o tempo passasse e o monstro devorasse o mundo. No fim me decidi pela casa cinzenta na Rue de l'Ermitage. Comprei um aquecedor elétrico e enchi uma sacola com as comidas das caixas embaixo da cama. Guardei o telescópio na bolsa própria e guardei os meus papéis numa pasta preta que eu havia encontrado no escritório. Busquei minhas roupas enquanto Thomas estava na rua, coloquei na bolsa as roupas de cama guardadas na estante do quarto de hóspedes e também livros da estante da sala e levei tudo para a minha nova casa. Depois voltei ao quarto de hóspedes.

Eu estava confusa. Passei um tempo sentada por lá e senti a dúvida tomar conta de mim, e por diversas vezes ao longo da tarde estive prestes a me levantar, abrir a porta do corredor, bater na porta da sala e contar tudo para Thomas, talvez pedir que se mudasse comigo, que fizéssemos uma viagem juntos, mas não consegui ir além das considerações sobre bater ou não bater na porta da sala antes de entrar. Não sei por que eu queria bater na porta. Será que os monstros batem ou simplesmente entram? Como se fosse menos assustador receber a visita de um monstro bem-educado.

#288

Estou na casa cinzenta da Rue de l'Ermitage e acabo de ler um antigo livro de jardinagem que encontrei em uma caixa de livros no sótão. O capítulo sobre a horta não foi muito útil, porque não dá para cultivar uma horta em pleno dezoito de novembro, e além disso a casa não tem pátio. Não há fileiras de alho-poró ou de acelga, não há cebolas em caixas na casinha do jardim e não há tampouco planos de semeadura ou de rotação no plantio. Não devo mais pensar que é novembro, que não tenho mais estações. Não devo mais pensar que sou uma hóspede, porque não há mais ninguém em casa. Não há mais passos na escada ou no assoalho quando sento em silêncio à mesa da cozinha. Não ouço mais a mão ou o braço que se roça contra a parede. Não ouço mais a chaleira no fogão. Quando abro a geladeira, a porta se fecha sozinha, em silêncio, e só ouço o rumor dos canos quando eu mesma abro uma torneira.

Estou sozinha. Estou sozinha, a salvo. Estou a salvo de rumores e tamborilares, de estalos e farfalhares, de portas que batem contra mesas, de idas e vindas, de batidas e tilintares, do abrir e do fechar de portas e também de vasos que rolam. Não estou a salvo da chuva. Posso ouvi-la no telhado, e quando ganha força eu a vejo no vidro da cozinha. A chuva dissolve a paisagem do lado de fora, porém logo tudo volta ao normal. É o mesmo dia, o mesmo clima, a mesma chuva. Mas eu consegui fazer com que o cheiro de mofo desaparecesse. Esfreguei o mofo nos cantos do papel de parede, limpei a geladeira, que mesmo aberta tinha acumulado um pouco de mofo, e além disso passei um pano no chão da cozinha. Quando a casa esfria, ligo o aquecedor elétrico, e se o calor não é suficiente também ligo o forno na cozinha. Ou então asso pão ou preparo refeições que ficam borbulhando em silêncio no fogão. Pelo menos assim há barulho na casa.

#298

Noto acima de tudo pela manhã. Às vezes é como se eu tivesse acordado num dia totalmente distinto. Imagino setembro. É a luz da janela, ou um sopro de vento quando abro a porta. Um vento cálido, que logo desaparece. Vislumbres breves, que surgem e desaparecem, como se houvesse fissuras no meu dia, como se outro tempo corresse por baixo dos meus dias, um ano comum do qual não vejo mais do que relances ao fundo. Procuro as fissuras, vou à cidade e encontro setembro, farejando o ar como um cachorro. Aquilo dura um instante e logo torna a desaparecer.

#317

Comecei a fazer planos. É na floresta que faço planos. Não é no pátio atrás de casa, à noite. Não é com o telescópio, no escuro. Não é nas ruas, ao caminhar de um lado para o outro com a sombrinha na mão e uma bolsa no ombro, enquanto penso se eu seria mais parecida com uma pessoa ou com um monstro. É no meio das árvores, nas trilhas da floresta e em clareiras cobertas por folhas amarelas ou marrons. Busquei as minhas botas de inverno enquanto Thomas estava fora de casa. Elas estavam escondidas no armário do hall, e agora estou caminhando pela floresta. Não sigo o trajeto de Thomas, não o encontro pelo caminho. Me aproximo do percurso, mas antes de chegar eu faço uma curva em outra direção. Não estou pronta para encontrá-lo. Dou a volta e retorno. As trilhas estão molhadas. Escorrego um pouco nas folhas, e onde não há folhas vejo a terra úmida. A terra prende as minhas botas de inverno, me segura, e tenho que puxar os pés com um leve tranco ao caminhar.

Thomas segue por outros caminhos. Ele segue por caminhos de pedra ou cascalho, mas eu estou vestida para os caminhos de folhas e terra, mantenho-me longe do rio e do antigo moinho, sigo em direção ao interior da floresta, é novembro, mas as árvores no interior da floresta ainda conservam as folhas, e penso em setembro e talvez em outubro. Sinto como se a floresta tivesse se aberto. Há uma coisa por baixo do meu dia de novembro, e a floresta me puxa como se quisesse que eu ficasse por lá. Ela se gruda às solas das minhas botas, e imagino que deseje me falar a respeito de setembro e de outubro, mas sigo em frente, pois sei que é novembro.

Saio em horários variados. Chove um pouco, ou então o sol passa por entre as árvores. À tarde caminho pela orla da floresta, perto dos campos. Me preparo. Faço planos nas trilhas, em meio à chuva, e quando termino de vagar pela floresta eu volto para a casa na Rue de l'Ermitage, às vezes molhada de chuva, às vezes só com frio, mas levo o aquecedor elétrico até a cozinha e fecho a porta, ligo o aquecedor, fervo água na minha chaleira, ligo o forno, que tem um tostador na parte de cima, e tosto pão sob as resistências alaranjadas, e antes que eu me dê conta a cozinha está quente e o dia chegou ao fim.

#339

Ele veio em minha direção. Thomas. Só me viu quando já estávamos muito próximos. Eu era apenas uma pessoa sentada num banco, mas de repente me transformei em Tara na frente dele.

Eu tinha sentado no banco junto ao muro de pedra, bem no ponto onde a floresta começa. No estacionamento próximo havia dois ou três carros, mas nenhuma pessoa à vista até o momento em que Thomas apareceu. Pude vê-lo por entre as árvores, caminhando já sem as correspondências e os pacotes, só com a bolsa pendurada no ombro.

Ele não esperava me encontrar na floresta. Imaginava que eu estivesse em Paris. Thomas chegou caminhando, acenei e ele parou, surpreso.

Então contei tudo. Perguntei se ele não gostaria de sentar ao meu lado no banco. Ou será que ele preferia dar um passeio na floresta? Ele preferiu o passeio na floresta, e andamos lado a lado, enquanto eu mais uma vez contei sobre o dezoito de novembro, toda a história, dessa vez com fantasmas e monstros, com telescópios e corretores imobiliários e casas cinzentas, com uma porta de geladeira que não bate no canto da mesa, e em vez disso retorna à posição original e fecha por conta própria, com botas de inverno e com terra que se gruda às minhas botas quando eu caminho.

Passamos longe dos caminhos mais alagados. Caminhamos em cima de pedra e cascalho, seguimos o trajeto dele até o antigo moinho à beira do rio. Seguimos os caminhos ao longo da margem e depois voltamos ao estacionamento, pouco antes que o dia começasse a escurecer. Insisti em que Thomas me acompanhasse. Ele hesitou. Eu havia falado sobre a casa na Rue de l'Ermitage, mas não sobre os meus planos.

Abri a porta. Thomas era meu hóspede, mesmo que a casa estivesse para alugar. Preparei café e servi no copo, porque eu tinha uma única caneca, mas havia copos suficientes no armário, e assim ficamos sentados na cozinha, ouvindo o barulho da chuva. Eu o havia trazido para dentro de casa, e assim ele tinha escapado da chuva. Eu havia comprado chocolate de laranja, não nos supermercados habituais, mas numa delicatéssen perto da Place Mignolet.

O plano, como eu disse, era voltar a Paris. Eu queria fechar o círculo. Eu queria voltar ao dezoito de novembro ao final de um ano. E eu queria que ele fosse comigo. Eu precisava de ajuda. De uma âncora, uma linha de vida, um cabo de amarração. Uma coisa que pudesse me prender. Eu tinha 339 dias. Estava a caminho de um ano. Será que eu estava mesmo decidida? Sim, eu estava decidida. Ou quase. Quando eu tivesse acumulado 365 dias, um ano teria se passado, porque não era um ano bissexto, eu disse. Eu tinha pesquisado.

Eu disse que tinha notado outro tempo sob os meus dias novembro, um ano com setembro e outubro. O mundo era poroso, havia fissuras, havia outra coisa sob a superfície. Eu já tinha pensado nisso antes, mas foi somente naquele momento que realmente notei. Depois da mudança para a casa na Rue de l'Ermitage. A certeza tinha vindo durante as minhas andanças pela floresta. Havia um novo dezoito de novembro a caminho, e aquela devia ser a minha saída: entrar correndo no dezoito de novembro quando ele tornasse a passar, agarrá-lo e subir a bordo rumo a um tempo reconhecível. Podíamos encontrar esse caminho juntos. Tínhamos que encontrar a porta que me levaria para fora do dezoito de novembro. Tínhamos que voltar para onde tudo havia começado. Será que Thomas viria comigo? Ele podia ser a minha âncora, a minha linha de vida, o meu cabo de amarração. Podíamos nos hospedar no Hôtel du Lison como de costume, levantar da cama e tomar café da manhã no hotel. Podíamos ver a fatia de pão no ar. Talvez impedir que caísse no chão. Podíamos colocar o dia em ordem. Podíamos devolver os livros às respectivas estantes. Podíamos fazer uma visita a Philip e Marie, sentar junto ao balcão da loja. O sestércio estaria num estojo transparente em cima do balcão. Eu tinha certeza. O aquecedor a gás estaria empoeirado nos fundos da loja. Philip e Marie estariam sentados ao redor do balcão. Poderíamos restabelecer o equilíbrio daquele dia.

Thomas hesitou. Como poderíamos descobrir o que fazer? Havia muitas possibilidades, e no fim encontraríamos a certa, eu disse. Encontraríamos uma saída juntos. Cogitei diversos cenários. Podíamos repetir o meu primeiro dezoito de novembro juntos e terminar o dia com Philip e Marie. Podíamos buscar o aquecedor a gás nos fundos da loja e acendê-lo, eu podia queimar a minha mão. Podíamos repetir tudo, eu disse, mas ele não se convenceu. De que adiantaria repetir um dia que já vinha se repetindo?

Então podíamos fazer o oposto, eu disse. Uma coisa diferente. Um espelhamento. Uma imagem em negativo. Ele podia repetir o meu dia. Talvez fosse o necessário. Talvez fosse ele que estivesse faltando. Eu podia explicar todos os detalhes. Seria fácil. Havia um acidente envolvido, mas logo tudo estaria superado. Quando começasse a ficar quente na loja, ele deveria levantar e empurrar o aquecedor a gás com força, apoiando a mão na parte superior do metal aquecido. Passaria logo. Ele nem sentiria muito. Havia uma tigela e água fria na loja. Ele poderia arranjar um emplastro e creme antisséptico. Havia cubos de gelo no hotel e eu também poderia ajudar. Não havia motivo para preocupação.

Thomas andou pela cozinha e começou a se mexer de um jeito meio nervoso enquanto olhava para a porta do hall. Estava à procura de uma saída.

Ou então poderíamos encontrar outra forma, eu disse às pressas. Poderíamos decidir ao chegar. Mas eu tinha certeza de que deveríamos esperar até que o ano fechasse. Até que o dezoito de novembro voltasse. Eu tinha sentido o ano soprar pelas fissuras no dezoito de novembro. Insisti: se Thomas prestasse atenção, ele também poderia notar outubro. Em pouco tempo seria novembro, e quando o dia dezoito estivesse perto faríamos a viagem.

Thomas me encarou. Pude notar que ele me achava fragilizada, imprevisível, mentalmente instável. Olhou ao redor na cozinha. Parecia estar cansado, e de repente senti o cheiro de mofo com o qual eu imaginava ter acabado. Olhei para os nossos copos vazios, com um círculo de líquido escuro no fundo, e pude sentir o frio, mesmo que eu tivesse ligado o aquecedor elétrico logo ao chegar.

Thomas achava que eu devia acompanhá-lo até a nossa casa. Além do mais, ele estava com fome. Empurrei o que havia sobrado do chocolate em direção a ele, mas Thomas não quis comer. Esperamos até que a chuva diminuísse, desligamos o aquecedor e saímos. No caminho passamos em frente a uma pizzaria, na qual entramos com a ideia de comprar uma pizza para o nosso jantar, mas após um instante de hesitação compramos duas, separadas, porque não conseguimos nos decidir.

Depressa, calculei o que teria acontecido ao mundo se houvéssemos vivido no dezoito de novembro desde a minha volta de Paris: 676 caixas de pizza e 676 pizzas, mas eu não disse nada, e enquanto esperávamos que a comida ficasse pronta Thomas foi até uma loja de vinhos um pouco adiante na rua e comprou duas garrafas, um tinto e um branco, porque não conseguia se decidir.

Eu notei. Thomas estava surpreso. Talvez ele tivesse razão: eu estava fragilizada. Mas ele havia confundido as relações de causa e consequência. Eu não estava fragilizada por imaginar que eu tinha estado no dezoito de novembro 339 vezes. Eu estava fragilizada por ter estado no dezoito de novembro 339 vezes. O dezoito de novembro havia me transformado numa pessoa estranha. Eu queria sair daquilo tudo. Eu queria que Thomas me ajudasse, mas já sabia que esse desejo não seria atendido. Eu podia ver. Thomas estava preso nos padrões dele.

Ele gostaria de não acreditar em mim, porém já não era mais possível. Logo no início da nossa caminhada pela floresta eu mencionei um carro que chegaria ao estacionamento no instante seguinte, falei sobre o momento exato em que o sol apareceria e previ as variações no tempo com riqueza de detalhes. Thomas foi obrigado a acreditar em mim. Mas sem dúvida ele tinha razão quanto ao fato de eu haver me tornado uma pessoa imprevisível. Eu tinha perdido o meu discernimento. Não tinha conseguido manter o meu juízo intacto. Saber disso o perturbava. Certamente ele queria que o dia chegasse ao fim e ele pudesse acordar em um mundo normal. Mas essa não era uma possibilidade real.

Passamos o tempo nas poltronas, com pizza e vinho tinto. Estava claro que Thomas não queria ir comigo a Paris. Ele não queria fazer parte dos meus planos. Não achava que aquilo pudesse ajudar. Ele achava que devíamos esperar. Que eu devia ficar com ele em casa. Até amanhã, ele disse. Ele se referia ao dia dezenove. Mas amanhã vai ser outra vez o dia dezoito, eu disse. Thomas não se convenceu. Ele achava que devíamos viver um dia de cada vez. E insistiu nessa ideia. Talvez acordássemos no dezenove de novembro, ele disse. Mais cedo ou mais tarde o tempo voltaria ao movimento normal, ele disse. Talvez de repente. Talvez amanhã pela manhã. Talvez o defeito no tempo se consertasse sozinho, deitaríamos para dormir e quem sabe talvez acordássemos como T. & T. Selter na casa em Clairon-sous-Bois. No dia dezenove.

Eu tinha a esperança de que ele falasse dessa forma. Mas na hora soou errado. Como se tudo aquilo fosse uma coisa dita só para ele não ter que ir comigo, e não com um sentimento genuíno de esperança que Thomas desejasse compartilhar comigo enquanto comia pizza sentado na poltrona. Mas talvez a minha expectativa fosse alta demais. Talvez eu não devesse ter sugerido que ele queimasse a mão. Mas sei muito bem que não foi isso o que causou o resultado. Ele teria dito não da mesma forma. Eu simplesmente tinha oferecido uma saída possível. Um motivo para não viajar comigo. Uma mão estendida.

Insisti em dizer que precisávamos fazer planos. Ele achou que seria melhor esperar. Você não pode fazer planos para tudo, ele disse. Às vezes o melhor é estar pronto. Viver um dia de cada vez e manter os olhos bem abertos. Mais cedo ou mais tarde apareceria uma solução. Uma chance. Uma saída de emergência. Ou talvez fosse melhor se eu fizesse mesmo a viagem a Paris, ele disse. Meu olhar atento mostraria o caminho. Se eu simplesmente fosse até o final do ano. Com os seus próprios dons, ele disse. O seu olhar para detalhes.

Ele disse essas coisas todas porque não queria viajar comigo. Preferia se manter no padrão de sempre. Eu sabia disso, ele sabia disso e não havia nenhum motivo para contradizê-lo.

Thomas achava que deveríamos deitar para dormir. Que deveríamos deixar em aberto as possibilidades da noite. Eu não quis contradizê-lo, porém mais tarde, quando ele já tinha adormecido, saí discretamente do quarto. Desci a escada, peguei as minhas botas de inverno no hall, amarrei os cadarços e tirei o meu casaco do cabide. Vesti o casaco e abri a porta com todo o cuidado, porém no mesmo instante ouvi os passos de Thomas na escada. Ele disse que sabia muito bem para onde eu estava indo. Mesmo no escuro acenei com a cabeça, fechei a porta às minhas costas e pus-me a andar pelas ruas.

O céu noturno estava quase todo encoberto, mas a camada de nuvens dissipava-se aos poucos enquanto deslizava rumo ao nordeste, e assim voltei para a minha casa na Rue de l'Ermitage. A cozinha estava iluminada, pois tínhamos esquecido de apagar as luzes ao sair, e a porta estava destrancada. A casa estava fria, porque tínhamos lembrado de desligar o aquecedor. Em cima da mesa estavam os nossos copos, que eu recolhi, e também os restos de chocolate, que comi após juntar os meus papéis e sentar à mesa. Eu ainda estava com as botas nos pés, mas o casaco eu tinha pendurado no encosto de uma cadeira. Ainda tenho planos. Ou pelo menos o rascunho de um plano. Não sei ao certo se eu poderia chamar de plano. São ideias soltas e avulsas. Cenários e possibilidades, não planos de verdade. Imagino uma saída do dezoito de novembro. Não sei como vai ser o caminho, mas sei que Thomas não vai estar ao meu lado.

#340

Um dia de outubro, pensei ao acordar. Já estava no meio da tarde, mas era um dia claro e eu estava descansada. Fiquei deitada na cama, ainda vestida: eu só havia tirado as botas e o casaco. Minhas botas estavam jogadas no chão, e por um tempo a luz entrou pela janela antes que uma nuvem mais uma vez encobrisse o sol. No instante seguinte à passagem da nuvem o sol tornou a brilhar, eu levantei, peguei as minhas botas e as levei comigo enquanto eu descia a escada. No corredor, larguei-as à minha frente e abri a porta que dava para o jardim, onde o sol brilhava nas lajes a partir de uma nesga do céu azul em outubro, e pouco depois, quando mais uma vez tive uma impressão de novembro, fechei a porta e me sentei à mesa. Os papéis encontravam-se à minha frente, o casaco seguia pendurado no encosto da cadeira e estava um pouco frio, mas eu tinha ligado o aquecedor elétrico e, segundo os meus cálculos, aquele devia ser o dia vinte e três de outubro. Deve ter sido isso o que notei. O brilho de um sol de outubro, mesmo que tenha sido apenas um vislumbre.

#348

Comecei a ficar preocupada. Conto os dias, e escrevi #348 no meu bloco de notas. Conto os dias de novembro, mas quando presto atenção ainda percebo os últimos resquícios de outubro.

Me preparo para sair daqui. Faço as malas. Ontem levei as últimas coisas de volta para casa enquanto Thomas estava fora: dois livros, uns itens de cozinha, uma escova de sapato e uma lata de graxa que eu tinha pegado. As minhas botas de inverno estão de volta ao lugar onde eu as tinha encontrado. Peguei mais papel na estante do quarto de hóspedes e guardei tudo com uns lápis e uma caneta esferográfica. Como se fosse haver o que contar.

Eu tinha esvaziado o quarto de hóspedes e estava prestes a deixar a casa quando me ocorreu que eu precisaria do meu celular. Procurei por todo o quarto e por fim o encontrei todo empoeirado, no chão embaixo da cama. Claro que não funcionava, mas eu estava com pressa e o guardei na bolsa, saí, tranquei a porta e guardei também a chave na bolsa.

Aquilo parecia um adeus. Eu era uma hóspede, e a chave na minha bolsa era um empréstimo. Eu precisava devolvê-la, mas em vez disso fui à cidade, onde levei o meu celular a uma assistência técnica. Havia um problema com o chip ou com o cartão de memória, e além disso o celular estava sem bateria, porém logo tudo estava mais uma vez em pleno funcionamento. Comprei um carregador novo, porque não sei que fim levou o velho, e pensei que estava pronta para a viagem. Peguei o meu passaporte, escolhi as roupas, separei uma pequena seleção de livros do dezessete e do dezoito de novembro e deixei-os todos em cima da mesa. Juntei os meus papéis todos na pasta de elástico preta, e tenho o meu bloco de notas com os riscos e os números que correspondem aos dias. Tudo está ao meu lado, na cozinha da Rue de l'Ermitage, e eu me apronto para ir embora. Quero sair do dezoito de novembro. Quero encontrar um caminho, e essa ideia é suficiente para me deixar preocupada.

#349

Agora percebo: um ano passa logo abaixo do meu dezoito de novembro. Não consigo pensar de outra forma. É um círculo que se fecha. Estou deixando o meu ano inteiro em novembro. Vou começar um outro ano. Num outro tempo.

Hoje pela manhã deixei a casa na Rue de l'Ermitage, tranquei a porta e guardei a chave sob o vaso de plantas no jardim. Fui até a estação, peguei um trem para Lille e de lá segui viagem rumo a Paris, e agora estou sentada no meu quarto no Hôtel du Lison. É de tarde. É a mesma cidade, o mesmo quarto, mas assim mesmo tudo é diferente. É um ano que se aproxima do fim. É para lá que eu desejo ir, rumo a esse fim com fissuras e rachaduras. Estou a caminho.

Quando abri a porta do Hôtel du Lison e entrei, a recepcionista tirou os olhos do monitor e me entregou a chave do quarto dezesseis como se aquilo não fosse nada. Peguei a chave e subi a escada em direção ao quarto de onde saí quase um ano atrás. A cama estava feita, e parte dos meus pertences estava em cima da colcha: uma embalagem de pastilhas de menta e uma esferográfica verde-escura com o texto *7ème Salon Lumières*, que eu havia pegado durante o leilão no dezessete de novembro, e que eu devia ter esquecido ao viajar.

Não havia nada de familiar naquele quarto. Era uma visão conhecida, porém não familiar. Não sei dizer se tenho um lugar que me seja familiar. Meu lugar já não é mais a casa em Clairon, onde Thomas anda de um lado para o outro no padrão dele, onde sem dúvida pendurou o casaco no hall e pôs-se a andar pela casa. Meu lugar não é o quarto que dá para o pátio, para a macieira e para a pilha de lenha. Meu lugar não é a casa cinzenta na Rue de l'Ermitage. Não tenho lugar. Moro no dezoito de novembro. Me mudei para um dia em novembro, mas agora quero ir embora. Não quero mais estar aqui. Estou me preparando para correr e deixar o dezoito de novembro para trás.

Estou sentada na mesa do quarto. Chupo as pastilhas do dezessete de novembro. De um tempo em que os dias se sucediam uns aos outros. Dezesseis, dezessete, dezoito. Dezenove.

Tento amarrar o tempo, chegar ao dezenove. Escrevo com uma esferográfica verde e penso no dezenove de novembro: venha, dezenove, chegue.

#350

Passei em frente à loja de Philip Maurel na tarde de ontem. A loja estava iluminada, e pude ver que Marie estava sozinha. Passei diversas vezes em frente à loja antes de atravessar a rua, parar em frente à vitrine e olhar para dentro. No balcão havia três moedas, cada uma exposta num estojo transparente próprio. Eram quatro e vinte, e eu não sabia que horas Philip voltaria, apenas que seria antes das cinco. Hesitei por um instante, porém logo desci os degraus da entrada, abri a porta e entrei. Marie atravessou a loja sem dar nenhum sinal de ter me reconhecido. Eu a cumprimentei e pedi para ver as moedas expostas. Ela as mostrou para mim e falou em tom amistoso sobre os produtos. Logo percebeu que a moeda que havia despertado o meu interesse era a do meio, e assim começou a explicar que aquele era um sestércio romano com a efígie de Antonino Pio. Fiz um gesto afirmativo com a cabeça, ergui o estojo e pude ver uma moeda similar àquela com que eu havia presenteado Thomas. Ou melhor: era a mesma. Não precisei fingir que eu estava em dúvida. Aquele era o meu sestércio, que havia voltado ao lugar original no balcão. Ao lado do sestércio havia uma moeda de prata com uma imagem de Castor e Pólux, e a moeda do outro lado era um denário de cobre com uma imagem do farol de Alexandria. Aquelas eram as moedas que estavam no balcão durante o meu primeiro dezoito de novembro, e eu não tinha nenhuma dúvida de que o sestércio era a mesma moeda que eu havia comprado.

Hesitei. Por um breve instante me perguntei se eu não devia encontrar uma forma de ir aos fundos da loja para examinar o pó no bujão de gás azul, mas não havia tempo, e senti que eu precisava me movimentar com mais cuidado nesse dezoito de novembro caso eu tivesse a esperança de encontrar uma saída. Eu tinha medo de pôr o dia em movimento, e talvez com um jeito meio brusco demais e meio repentino demais, agradeci e saí da loja às pressas. Subi os degraus e andei pela rua até um minimercado, onde peguei uma cestinha e comecei a andar entre as prateleiras no momento exato em que Philip apareceu, parou em frente à vitrine da loja, acenou para Marie e desceu os degraus na entrada.

Eram quinze para as cinco, e pouco depois eu saí do minimercado. Olhei ao redor e caminhei apressada ao longo do muro, cruzei a rua e tomei o rumo da Rue Almageste. Sem dúvida era o mesmo dezoito de novembro da primeira vez que eu estivera por lá. Em frente a uma loja um pouco mais adiante eu vi um cachorro marrom-escuro que esperava pela dona. Eu tinha certeza de já ter visto a dona sair da loja e pegar o cachorro pouco antes de chegar à loja de Philip no meu primeiro dezoito de novembro, e de fato foi o que aconteceu: logo depois a dona do cachorro saiu da loja com uma familiar sacola azul-turquesa na mão e soltou a correia que prendia o animal a uma grade próxima à porta da loja.

Nas ruas próximas à Rue Almageste já havia começado a escurecer. Segui pela Rue Renart até a pracinha no final da rua e, quando cheguei à Passage du Cirque, atravessei o Boulevard Chaminade e sentei num café perto da esquina da Rue Rainette.

São ruas que conheço há muito tempo. Desde uma época anterior a Thomas, porque morei um ano aqui como estudante. Foi somente dois anos mais tarde que conheci Thomas e depois Philip por meio de amigos em comum que moravam em um apartamento na Passage du Cirque. Já faz muito tempo que eles se mudaram daqui, mas as ruas e os parques continuam familiares: aqui ficam a loja de Philip, o Hôtel du Lison, as lojas que eu costumava frequentar e os meus colegas livreiros. São lugares conhecidos, aos quais retornei inúmeras vezes, sozinha ou na companhia de Thomas, mas agora esse mundo conhecido existe num tempo que parou. Desejo um mundo em que o tempo avance. Um mundo em que o dezoito de novembro seja um dia como todos os outros, um dia que fique para trás.

Quando um pouco mais tarde saí do café e voltei ao hotel, passei por um sebo onde eu nunca tinha estado. A luz da vitrine iluminava fileiras de livros expostos numa estante em frente à loja. Um plástico cinzento estava dobrado para trás, pronto para ser usado se começasse a chover. Mas não seria necessário. Eu podia dizer para eles que podiam tranquilamente recolher o plástico, uma vez que a chuva só começaria no final da noite, quando a loja já estivesse fechada há muito tempo, e os livros estivessem guardados em segurança no interior.

Parei por um instante, mas não entrei. Em vez disso voltei ao hotel, onde deitei para dormir e onde agora despertei para o mesmo dezoito de novembro. Tomei o café da manhã, sentada com o mesmo jornal de sempre, e vi uma fatia de pão cair, um pequeno grupo de pessoas, um prato com um croissant, e tudo me parece muito familiar.

#354

Como saio do dezoito de novembro? Como entrei nesse dia? Será que entrei pela porta errada? Na porta das repetições? Não sei. Estou à procura de uma saída. Se pude entrar, também deve haver um jeito de sair. Pelo menos é o que eu imagino. Como abrir uma porta que não quer ser aberta? À base de chutes? Arrombamento? Fogo? À base de um chaveiro? Pensamento positivo? Códigos secretos? Palavras mágicas? Não sei. Imagino que eu precise fazer uma coisa ou outra. Que uma coisa ou outra precise ser mudada. Que um erro seja corrigido. Que eu encontre um momento exato no tempo.

Mas já não sei de nada. Ando pelas ruas e o dezoito de novembro de repente parece frágil, cheio de portas fáceis de arrombar. Atravesso a loja de porcelana do dezoito de novembro. Vidros. Cristais. De cima a baixo. Posso atravessar o dia como um elefante, como uma borboleta. O que vou fazer? Será que vou sair batendo os pés ou flutuando, esvoaçando cheia de leveza mundo afora? Será que sou uma borboleta capaz de dar início a tempestades com um bater de asas? Um elefante que toma impulso para derrubar uma parede? Não sei. Ando pelas minhas ruas e penso que é simples fazer alguma coisa. É simples agir. Arrombar portas. Mas e se você não deve arrombar portas? Se você deve bater de leve? E além disso, em que porta?

#355

Deve haver uma diferença que eu possa explorar. Deve haver uma variação. Uma mudança. Mas que jeito teria essa mudança? Não sei, mas se conheço o meu dia, se conheço as minhas ruas, devo notar qualquer novidade.

Já não imagino mais que eu precise fazer qualquer coisa no dezoito de novembro, que eu precise montar um quebra-cabeça, virar uma maçaneta, fazer isso ou aquilo. Já não penso mais que eu precise interromper os acontecimentos do dia ou mudar os objetos do dezoito de novembro de lugar.

Imagino que eu vá notar um detalhe, perceber o surgimento de uma coisa nova quando o ano houver se passado. Que já existem pequenos rasgos. Imagino que haja uma transformação nas ruas conhecidas, que em todas as repetições exista uma variação, uma diferença.

Mas o que é uma diferença? Um som? Um cheiro? Uma cor, uma forma? Verde ou azul? Quão pequena é a minha diferença? É um acontecimento, uma ação? Será que de repente acontece uma coisa inesperada? Uma coisa estranha ou marcante? Será que é uma coisa totalmente comum e trivial? Ou será que é uma coisa que no mais não acontece? Uma coisa que vai embora? Um desaparecimento?

Imagino um novo dezoito de novembro, mas não sei como ele pode se distinguir do antigo. Imagino que o clima vá estar diferente. Mas será que vai estar mais quente ou mais frio? Uma chuva inesperada? Imagino uma ruptura, uma mudança. Mas como essa mudança pode se apresentar? Será que chega quando eu menos espero ou será que exige atenção, concentração? Será que preciso escutar, farejar, sentir ou olhar? Não sei. Estou atenta a detalhes. Atenta e preparada.

Espero, me preparo até que chegue o momento, e até lá: paciência, paciência, paciência.

#356

É difícil ser paciente quando você não sabe o que espera. É difícil manter-se atento a uma diferença qualquer em meio ao turbilhão de coisas no dia.

Para onde quer que eu vá, tudo é sempre igual. São as mesmas lojas, os mesmos atendentes. A mesma lixeira cheia na entrada do parque da Rue Renart, onde três pacotes de hambúrguer e uma caixa de pizza com letras vermelhas caíram no chão e acabaram embaixo de um banco. O mesmo queijo na queijaria um pouco adiante na rua, com duas fatias viradas como bailarinas que executam piruetas. A porta verde pichada com tinta azul, na qual uma criança espera com um pé na abertura da porta e um olhar que parece examinar a rua, enquanto uma mulher com sacolas de compras nas duas mãos tenta sinalizar que está a caminho, com a mão erguida, mas a sacola é pesada demais, então ela acaba simplesmente erguendo um pouco a sacola.

As pessoas que usam casacos e sapatos. O homem que atravessa uma rua, o celular que ele pega. As portas que se abrem e as luzes que se apagam. A mulher que deixa moedas caírem ao descer a calçada, por um instante as moedas dançam ao redor dela, porém logo repousam, e então ela as recolhe uma a uma. Estou do outro lado da rua, a mulher estava aqui ontem e está aqui hoje. Mas o que pode ser diferente se a minha diferença estiver nela? Seria o olhar ou a quantidade de moedas que se espalham pela rua, de repente sete em vez de cinco? Como posso ver a diferença? Será um poste de iluminação pública que se acende num horário diferente? Como vou notar uma coisa dessas? Cinco minutos antes ou dois minutos depois?

Preciso conhecer o ambiente se pretendo notar uma alteração na luz. Ando pelas minhas ruas, atenta: leio os acontecimentos das ruas e gravo-os na memória.

#361

Me sinto em casa no vaivém das ruas. Conheço as minhas ruas. Observei as janelas das casas, observei a calçada, li jornais nos cafés e vi as pessoas que entram e saem, e todos os dias são as mesmas pessoas e os mesmos jornais. Passei na Maurel Numismatique. Vi Marie colocar uma placa na rua quando a loja abriu e vi Philip apagar a luz da loja, vi-o trancar a porta e o segui até um café, onde ele se encontra com Marie às oito e quinze. Eu os observei de longe. Não quero perturbá-los. Não quero perturbar aquele dia.

Ouvi ambulâncias e uma campainha de bicicleta que fez dois pedestres levarem um susto. Segui por caminhos de cascalho no parque da Rue Renart, por calçadas molhadas pela chuva da manhã e por ruas secas durante a tarde. Ouvi os contêineres de vidro serem esvaziados pela manhã e o barulho das vans de transporte que cruzam passagens estreitas. Vi uma van que fazia a entrega de cadeiras de escritório e dois homens que as puxavam diagonalmente pela calçada rumo ao interior de uma construção, duas ou três por vez, todas pretas, com rodinhas e envoltas em plástico, quarenta e sete no total, porque eu as contei.

#362

É o mundo que eu conheço, e estou pronta. Para saltar. Para me agarrar a uma mudança repentina. Ou pronta para mergulhar, penso eu. Por que haveria um salto? Talvez eu deva estar pronta para trancar a respiração.

Me transformo. Fico sentada no quarto 16 e penso que não sei se devo saltar ou mergulhar. Num instante atravesso o dia com todo cuidado, pronta para saltar. No instante seguinte tomo um longo fôlego e me preparo para mergulhar.

#365

Acordei antes que o dia clareasse. As ruas ainda estavam molhadas quando saí rumo à escuridão matinal. Eram quase cinco horas quando saí do hotel, e a chuva tinha parado momentos antes.

Meu sistema de alarme começa a funcionar assim que acordo. Minha atenção está ativa e minha consciência está sobrecarregada, e há um rumor no meu sistema nervoso. Sei que não cheguei aonde quero. Ainda não. Tudo se parece com um dia que eu conheço, mas não consigo evitar essa busca por alterações repentinas.

Se o tempo tivesse passado, hoje seria o dezessete de novembro, um dia antes do dia dezoito. Amanhã vai ser mais uma vez o dezoito de novembro, porque um ano se passou. Será mesmo? Será que contei direito? Fiz todas as considerações possíveis. Não, não é um ano bissexto. Já consultei o meu bloco de notas. Contei meus riscos e contei meus dias, e o resultado é o mesmo: hoje é o último dia do meu ano, e amanhã é dezoito de novembro.

Estou pronta. Procuro sinais de que o dia seja outro, mas encontro apenas repetições, e assim preciso esperar até amanhã. Mesmo assim, estou atenta. Tensa e atenta. Prestes a saltar. Procuro uma mudança que eu possa compreender, uma diferença, uma alteração. É de tarde. Estou sentada no quarto 16. Talvez eu desperte para uma diferença. Se eu dormir.

#366
Sonhei que eu estava nadando, e quando acordei pensei que tudo era natural. Eu podia flutuar pelo meu dia, simplesmente nadar. Ou voar, pensei, como aquela fatia de pão em pleno ar, uma hesitação prestes a cair.

Tomei o café da manhã. Flutuando. Nadando. Levantei, me servi de comida no bufê e tornei a sentar. Respirei. Baixei os ombros. Havia água ao meu redor, uma sensação de leveza, e deslizei tranquilamente ao redor. Ou talvez fosse ar, e eu estivesse voando tranquila e em silêncio através do dia, como uma fatia de pão leve.

Pensei que, o que quer que fosse acontecer, eu gostaria de saber quando acontecesse. Quando o momento chegasse. Eu precisava flutuar, caminhar sobre a água. Saí rumo ao meu dia. O mesmo dia de sempre, mas ele parecia amistoso. Aberto e repleto de possibilidades e repleto de detalhes, acontecimentos e movimentos capazes de mudar de direção a qualquer instante.

Eu tinha um dia que passaria, e eu passaria com ele. Não era um plano. Havia uma linha geral que eu podia seguir flutuando, em silêncio. Não havia um objetivo, não havia uma presa a capturar. Eu não era uma ave de rapina voando em círculos, um abutre, um tubarão, um felino em pleno salto. Eu não estava à espreita. Era outra coisa. Eu estava numa viagem. A caminho de casa, pensei. Viajei com um bilhete aberto, sem itinerário. Viajei pelos detalhes das ruas, num universo repleto de pequenas contingências, uma multitude de objetos, acontecimentos e percepções que haviam se acumulado umas ao lado das outras na minha lembrança.

Eram muitas coisas, muitas cores. Muitas placas, lojas, pessoas, muitos objetos nas lojas, muitas maçanetas em muitas portas, muitos sapatos que andavam pelas ruas, muitos casacos, muitos cortes de cabelo, muitos botões em muitos casacos, muitas costuras em muitos sapatos, muito tecido, muitas pedras em muitas calçadas, muitos detalhes, um turbilhão de objetos, de pequenos detalhes nesses objetos, tudo o que eu tinha reunido a partir das ruas do dezoito de novembro, camada a camada, tantas que a minha consciência precisava compactá-las, mas assim mesmo passei por tudo isso com uma leveza fora do comum, e pensei que era estranho poder movimentar-me com tanta leveza em meio a um mundo tão compacto.

Num lugar qualquer em meio a esses detalhes haveria uma diferença, pensei. Uma coisa à qual eu pudesse me agarrar. Se houvesse um dezoito de novembro sob o meu dia, ele acabaria se infiltrando pelas fissuras. Eu veria diferenças e poderia me aproximar, me agarrar, subir a bordo e seguir viagem.

Andei por lugares que eu conhecia. Lugares que eu havia visitado no meu primeiro dezoito de novembro e em muitas outras ocasiões. Passei em frente a dois sebos onde eu havia buscado o *Histoire des eaux potables* e o *The Heavenly Bodies*, mas fiquei parada em frente à vitrine. Passei na loja de Philip e Marie estava por lá, como sempre, eu a vi da rua e segui meu caminho. Andei com leveza naquele dia que se parecia consigo mesmo, mas eu estava pronta, o dia acabaria por se abrir, e eu sairia pelas mesmas comportas que haviam me prendido lá dentro. No mesmo fluxo. Correntes marítimas, correntes de ar. Nadei, voei. Esperei.

Até que de repente fui chamada. Com um grito. Era o meu nome. Tara. Em seguida outra vez. Mais alto.

Virei em direção ao som. Era mesmo um chamado. Philip. Virei e ele veio na minha direção. Sorrindo.

Ele parecia contente de me ver. Não sabia que eu estava na cidade. Por acaso Thomas tinha vindo comigo? Será que eu não teria uns minutos para acompanhá-lo até a loja? Philip estava a caminho de lá. Ele tinha dois ou três compromissos, mas esses podiam esperar. Disse que gostaria de me apresentar a uma pessoa. A namorada dele. Marie. Fazia muito tempo desde a última vez que tínhamos conversado. Como Thomas havia passado? Logo os dois nos fariam uma visita em Clairon-sous-Bois, ele e Marie. Para dizer a verdade, eles tinham acabado de falar a respeito disso. Enquanto eu o acompanhava pela calçada, Philip disse que muita coisa tinha acontecido. Eu estava confusa, porque aquela não era uma possibilidade que tivesse me ocorrido. Encontrar Philip no caminho não era um dos cenários que eu havia considerado, eu não sabia o que ele fazia durante a tarde antes do nosso encontro na loja e tampouco havia me ocorrido descobrir.

Philip disse que estava voltando do banco. Tinha participado de uma reunião. Ele e Marie queriam comprar um apartamento no quarto andar acima da loja. O apartamento tinha pertencido a uma senhora que havia morrido dois meses atrás, e os herdeiros queriam vendê-lo. O apartamento não se encontrava em muito bom estado porque estava cheio de tralhas. A proprietária tinha sido uma acumuladora. Mas não no sentido normal da palavra. Uma acumuladora no sentido realmente extremo.

Chegamos à loja e assim que descemos a escada vi Marie, que estava no balcão colocando moedas no expositor.

Philip me apresentou para Marie e disse que tinha duas boas notícias: um, eu tinha aparecido para uma visita; dois, o banco tinha aprovado a compra do apartamento. Falamos sobre tudo um pouco, sobre Thomas e Clairon-sous-Bois, enquanto Philip saía para comprar uma garrafa de vinho. De preferência espumante, disse Marie enquanto recolocava o expositor com as moedas de volta na prateleira de um armário envidraçado na sala ao lado, porque havia motivo para comemorar.

Quando voltou com uma garrafa de champanhe, Philip a guardou na geladeira nos fundos da loja, e enquanto ele fechava a porta da loja e pendurava uma placa na vitrine, eu e Marie fomos até a penumbra da escada nos fundos da loja, mas não encontramos o interruptor. Philip chegou logo a seguir trazendo o casaco de Marie, para que ela não passasse frio. Nesse meio-tempo eu tinha encontrado a luz da escada, e então subimos até o quarto andar, onde havia uma grande porta marrom que Philip abriu com a chave que trazia no bolso. Os herdeiros tinham lhe emprestado a chave. Eles queriam concluir a venda o quanto antes, e acima de tudo queriam que Philip e Marie tomassem posse do apartamento da maneira como estava: marcado por anos sem nenhum tipo de cuidado e repleto de coisas que precisavam ser jogadas fora antes que qualquer outra coisa pudesse ser feita.

Por todo o apartamento havia caixas e objetos amontoados: pilhas de jornais, montes de roupas e prateleiras com livros e revistas. No maior cômodo do apartamento, que em outra época certamente tinha feito as vezes de sala, havia bateladas de jornais, e apenas uma estreita passagem entre os papéis. Seguimos o caminho entre aquela montoeira de coisas até o cômodo seguinte, onde havia caixas dispostas ao longo das paredes e roupas, uma infinidade de roupas, e no fundo do cômodo uma caixa de areia. O gato já não existia mais, disse Philip. Ou melhor, os gatos. Tinham sido dois.

Era lá que eles haviam de morar. Philip e Marie. Havia muito a fazer, porém logo eles tratariam de começar. Na verdade, começariam já no dia seguinte, disse Philip. Assim que tivessem assinado o contrato.

Acompanhei-os ao longo do caminho serpenteante que passava por entre a montoeira de coisas. Eu queria sair do dezoito de novembro, e não havia mais nada a fazer senão ir em frente. Lembro de me sentir um pouco confusa. Tive uma sensação estranha, quase como se eu tivesse encontrado a minha diferença, a minha transformação. Talvez eu já houvesse me transportado para outro dia, para um novo universo, a caminho do dezenove. Com pilhas de jornais, montes de roupas e uma caixa de areia ao fim de um caminho serpenteante.

Retornamos pelo mesmo caminho estreito em meio aos cômodos, retornamos à entrada e ao cômodo menor, quase limpo, onde a antiga moradora dormia com os gatos e os objetos pessoais mais importantes. Os herdeiros já haviam retirado tudo que não seria descartado. Eles esperavam que os novos proprietários dessem um jeito no restante. Levaria tempo, disse Marie. Não era uma tarefa impossível, mas assim mesmo daria trabalho. A antiga moradora tinha passado a vida inteira naquele apartamento. Uma vida inteira comprimida num apartamento. Como uma cápsula do tempo, disse Marie. O apartamento não tinha sido reformado por muitos e muitos anos: a cozinha tinha mais de um século, e o banheiro era minúsculo e igualmente antigo. Os dois tinham muitos planos para o apartamento, mas o principal naquele momento era uma limpeza.

Quando saímos do apartamento, Philip fechou a porta. Uma porta escura e muito pesada com uma grande aldraba no meio, um pássaro em latão, pelo que pude ver, mas tudo estava muito escurecido em razão da pátina, e logo abaixo havia um nome ilegível e quase apagado que começava com G.

Após fechar a porta, Philip experimentou a aldraba e bateu de leve com o bico do pássaro, ou o que quer que fosse aquilo, e perguntou se havia alguém em casa. Marie sorriu. Ainda não, ela respondeu. Algo, já. Alguém, ainda não.

De volta à loja, Marie abriu a garrafa de champanhe e pegou copos d'água que logo tratou de encher até a borda com champanhe, e assim fizemos um brinde à nova casa deles, à minha visita e ao amor, e ao fim do brinde ela tornou a encher os copos e então começou a perguntar sobre a minha viagem. O que eu tinha ido fazer na cidade? Quanto tempo eu tinha estado lá, e quanto tempo mais pretendia ficar? Será que eu não teria tempo disponível para me encontrar com eles — mais tarde naquela mesma noite, ou talvez amanhã? Quais eram os meus planos? Marie estava de saída: tinha assuntos a tratar na cidade, porém logo estaria de volta.

Hesitei. Meu dia havia tomado um rumo inesperado. Eu tinha chegado ao fim de um ano repleto de dezoitos de novembro, vagado por ruas com atenção redobrada e todo o meu sistema de alarme ativado, pronta para saltar rumo a outro tempo, e naquele instante eu estava no balcão da loja de Philip, brindando e prestes a responder quais eram os meus planos para o dia.

Eu não tinha plano nenhum, respondi, e de repente contei tudo: falei sobre o meu dia que se repetia, falei que eu já os tinha visitado. Falei sobre tudo o que tinha acontecido, mencionei que já tínhamos jantado juntos na loja exatamente um ano atrás, ou pelo menos a quantidade de dias que corresponde a um ano, e também que Marie tinha buscado o aquecedor empoeirado nos fundos da loja. Eles não tinham mencionado o apartamento, mas tínhamos falado sobre muitas outras coisas.

Por um motivo ou outro eu esperava que os dois acreditassem em mim. Eu não tinha esperado nenhum tipo de hesitação. Afinal, que motivo uma pessoa teria para inventar uma história dessas? Mas eu estava enganada. Talvez Philip não tenha gostado daquela perturbação em sua vida nova ao lado de Marie. Eles não queriam saber de estranhezas. Philip já estava vendo o futuro com Marie, ele não tinha nada a fazer com dias que se repetiam, não tinha nada a fazer com perturbações.

Quando falei sobre o meu acidente com o aquecedor, foi como se eu pudesse ver essa perturbação no rosto deles, mas também outra coisa que eu não havia esperado. Uma hesitação entre confiança e dúvida, uma incerteza que não era a perturbação relativa ao defeito no tempo que eu havia narrado, mas o princípio de um ceticismo, de uma negação, de uma reavaliação da minha confiabilidade, talvez.

Quando mostrei a Philip a cicatriz já apagada da minha queimadura e o puxei até o aquecedor nos fundos da loja foi como se ele houvesse decidido. Que aquilo não era verdade.

Que eu devia sair porta afora. Que ele não devia acreditar na minha história.

Quando falei sobre a minha visita a Marie na loja no dezoito de novembro, que eu havia comprado um sestércio que havia voltado para a loja e estava mais uma vez no estojo em cima do balcão, a atmosfera mudou, e no instante em que terminei de narrar a compra da moeda Philip pegou o estojo, lançou um olhar rápido em direção a Marie, colocou o sestércio ainda no estojo dentro de uma sacola e o entregou para mim. Como se quisesse pôr ordem nas coisas, agindo como se acreditasse em mim. Ou então fugir daquilo tudo, desde que eu simplesmente levasse o sestércio para fora da loja.

Peguei a sacola. Foi como se de repente descobríssemos que havia uma coisa errada. Que estávamos na loja bebendo champanhe, que estávamos na loja ainda com os nossos casacos, mas ninguém fazia menção de tirar o casaco nem de sentar-se. Nenhum de nós sabia o que dizer nem o que fazer. Não tínhamos nenhuma explicação e nenhuma solução, e no instante seguinte eu estava na rua, do lado de fora da porta, com a sacola na mão.

Philip havia dito qualquer coisa sobre um reencontro. Amanhã, ele tinha dito. Mas que eu ficasse com o sestércio.

Já na rua, me senti emoldurada por um sentimento de irrealidade. Num instante eu tive certeza de que aquele era um outro dia, o dezenove ou uma nova versão do dezoito, pois minha impressão era a de que houvera uma transformação, e assim desci a Rue Almageste com uma leve esperança de mudança, porém a cada passo eu me convencia ainda mais de que aquele era precisamente o mesmo dia de antes.

Especulei sobre os motivos para que Philip não houvesse mencionado a compra do apartamento na primeira vez que nos falamos. Eu não conseguia encontrar explicação nenhuma. Eu preferia acreditar que tudo se devia ao fato de que eu me encontrava numa outra versão do dezoito de novembro, mas de repente tive certeza de que tudo estava como antes. O clima era como o do outro dezoito de novembro, e um pouco mais adiante na rua eu vi uma mulher que havia deixado um cachorro marrom-escuro na frente de uma loja e que, ao fim de poucos minutos durante os quais fingi estar interessada na vitrine, saiu com uma sacola turquesa na mão, soltou a guia do cachorro e o levou consigo.

O dia já havia começado a escurecer, e mais tarde os postes de iluminação pública se acenderam como de costume. Eu andava com a minha bolsa no ombro e a sacola do sestércio na mão, e mais nada aconteceu. Tudo estava como sempre havia estado, mas como se houvesse menos detalhes. Eram apenas ruas e lojas e cafés e pessoas. Andei com passos comuns por ruas comuns. Flutuei por um universo denso, sem nadar por um mar de detalhes precisos, sem saber para onde eu ia.

Eu havia desperdiçado a chance de visitar Philip e Marie. Eu não poderia voltar à loja. Não era um plano fracassado, porque não havia plano nenhum, mas eu não poderia refazer a minha tarde. Eu não poderia sentar junto ao balcão e falar sobre a grande procura por obras ilustradas do século XVIII, sobre o leilão e sobre as minhas descobertas mais recentes. Eu não poderia falar sobre o amor ou sobre a macieira no pátio, sobre alhos-porós e acelgas. Não poderíamos ficar sentados conversando sobre a Rue Almageste, sobre a agitação política durante o outono, sobre fome de história e sobre o aumento na procura por moedas romanas. Era tarde demais. Minha tarde estava aberta, tudo podia acontecer, pensei, mas não aconteceu nada. Foi como se um furo houvesse surgido no meu universo sobrecarregado — os detalhes foram removidos, e sobraram apenas os contornos do meu mundo. Ações simples. Objetos comuns.

Passei a tarde num café onde já tinha estado duas ou três vezes. Não havia muitos clientes, e sentei numa mesa ao lado da janela, primeiro com uma xícara de café à minha frente e a sacola com o sestércio em cima da mesa. Depois, quando as mesas começaram a se encher de clientes que faziam refeições e eu notei que estava ocupando espaço demais sozinha numa mesa de quatro lugares, fui para uma mesinha nos fundos. Bebi uma taça de vinho e passei um tempo lendo um jornal, mas eu já tinha visto aquilo, o jornal estava cheio de notícias familiares, e logo os fundos do café também começaram a se encher de pessoas com pratos, copos e talheres, e por fim saí à rua, onde passei um tempo caminhando até voltar para o hotel.

Senti minha respiração mais leve no ar frio, e fui andando com passos tranquilos pela escuridão da tarde. A sacola com o sestércio farfalhou um pouco e pude ouvir os meus passos na calçada, porém no mais havia apenas o tráfego da cidade, um fundo de sons. Aquilo parecia vazio, mas pude sentir um alívio nesse vazio, uma tarde familiar, um contorno livre de detalhes. Havia uma certa liberdade nessa ausência de detalhes, nessa ausência de ideias e cenários e atenção e concentração.

Quando voltei ao hotel, larguei a sacola com o sestércio em cima da mesa do quarto e, quando mais tarde tirei a roupa e deitei, coloquei o sestércio ao meu lado, com a sacola e tudo, sem tirá-lo da embalagem.

Sentei na cama com os meus papéis à minha frente, e senti como se houvesse um buraco no meu dezoito de novembro. Como se houvesse uma saída, porém já não mais uma das saídas que eu tinha imaginado. Não sei o que está acontecendo. Não há mais nada a fazer além de esperar e ver o que a noite traz.

O dezoito de novembro está prestes a passar. Um ano se passou, e estou pronta para a chegada do dia dezenove. Deixo que o dia fique aberto. Acompanho o dia. Flutuo com ele, me deixo levar. A corrente me leva. Estou nadando. Mergulho.

Danish Arts
Foundation

*Esta edição contou com o apoio
da Danish Arts Foundation.*

Grafia atualizada segundo o Acordo Ortográfico da Língua
Portuguesa de 1990, que entrou em vigor no Brasil em 2009.

capa
Luciana Facchini
foto de capa
Daria Piskareva
preparação
Mariana Donner
revisão
Paula Queiroz
Eloah Pina

Dados Internacionais de Catalogação na Publicação (CIP)

Balle, Solvej (1962-)
Sobre o cálculo do volume I / Solvej Balle ; tradução
Guilherme da Silva Braga. — 1. ed. — São Paulo :
Todavia, 2024.

Título original: Om udregning af rumfang I
ISBN 978-65-5692-687-2

1. Literatura dinamarquesa. 2. Romance. 3. Ficção
contemporânea. I. Braga, Guilherme da Silva. II. Título.

CDD 839.81

Índice para catálogo sistemático:
1. Literatura dinamarquesa : Romance 839.81

Bruna Heller — Bibliotecária — CRB 10/2348

todavia
Rua Luís Anhaia, 44
05433.020 São Paulo SP
T. 55 11 3094 0500
www.todavialivros.com.br

fonte
Register*
papel
Pólen natural 80 g/m²
impressão
Geográfica

FSC
www.fsc.org
MISTO
Papel | Apoiando o manejo florestal responsável
FSC® C019498